心灵鸡汤

和青春里的
那些委屈握手言和

陈晓辉　一路开花／主编

煤炭工业出版社
·北京·

图书在版编目（CIP）数据

和青春里的那些委屈握手言和／陈晓辉，一路开花
主编 . -- 北京：煤炭工业出版社，2017(2023.1 重印)
（品读心灵鸡汤）
ISBN 978 - 7 - 5020 - 5812 - 8

Ⅰ.①和… Ⅱ.①陈… ②一… Ⅲ.①故事—作品
集—中国—当代 Ⅳ.①I247.81

中国版本图书馆 CIP 数据核字（2017）第 095581 号

和青春里的那些委屈握手言和

主　　编	陈晓辉　一路开花
责任编辑	马明仁
编　　辑	郭浩亮
封面设计	宋双成

出版发行　煤炭工业出版社（北京市朝阳区芍药居 35 号　100029）
电　　话　010 - 84657898（总编室）
　　　　　010 - 64018321（发行部）　010 - 84657880（读者服务部）
电子信箱　cciph612@ 126. com
网　　址　www. cciph. com. cn
印　　刷　北京飞达印刷有限责任公司
经　　销　全国新华书店

开　　本　710mm×1000mm$^1/_{16}$　印张　14　字数　180 千字
版　　次　2017 年 6 月第 1 版　2023 年 1 月第 4 次印刷
社内编号　8692　　　　　　　　定价　46.00 元

Contents
目录

第一辑
再见了，记得温柔相待

第二辑
最是那含着泪水的微笑

第三辑
玲珑心伤不起

第四辑
我不是"输"的代名词

第五辑
一株爱做梦的狗尾草

第六辑
赢在奔跑过程中

再见了，记得温柔相待

　　我只是想让青扬知道，长大的过程，其实很温暖，也很简单。从怯生生提防我的小孩，到自然接受我的拥抱，我用了大半年的时间。青扬的爸爸提出再要一个小孩时，我想了又想，终于拒绝，青扬就是我的孩子。看着青扬英俊的小脸，我不舍得让他感觉半丝忽略。再后来，青扬的奶奶觉得对不住我，反复地在青扬面前提起，将来要好好孝顺我。其实真的不必，我享受爱他，陪他成长的过程。

三十六封信

文 / 柏俊龙

最成功的说谎者是那些使最少量的谎言发挥最大的作用的人。

——塞·巴特勒

他是山里唯一的邮递员，那条通往城市的小路，他一走便是整整二十年。二十年的风霜雨雪，坎坷苦难，都不曾让他更改回山的脚步。

他是第一个走出山里的孩子，山外的世界，让人望而却步，但又心生向往。每次回来，他都要和山里的孩子们说上一段动人的故事。

他说，城市的楼房有云层那么高，那些人整天没事儿就在高楼顶上看云彩。城市的车流和松树上的蚂蚁一样，密密麻麻地躺了一地，在雨夜里一打开灯光，整个城市顿时就会从黑夜转为白昼。

其实，这些景状他都不曾见过。没人知道，他取信件的地址其实根本不在城市，仅仅只是附近的一个小镇。小镇上别说高楼和车水马龙，就连那些轰鸣的列车，都不曾在这里驻足，停下过匆匆的脚步。

他读过两年书，于是，再虚幻的事物经他口里说出来，也总是那么有血有肉，活灵活现。孩子们听得痴了，都不去弹玻璃球了，都不去爬山了，都托着腮帮，直愣愣地看着他唾沫横飞地说话。

每次都是同一个声音打断了他的谈话："是送信的小王来了吗？快进屋来给我念念。"这句话一出，孩子们顿时就会像泄了气的皮球一样，瘫倒在地。他们似乎知道，这句话就和评书先生们的那句"预知后事如何，且听下回分解"一样，意在宣布故事即将结束。

他一面扛起背包，一面亮着嗓门喊着："大娘，别急，我就来了，就来了，有你的信件呐！"

屋里，是一位双眼失明的老太太，明晃晃的太阳照在她的身上，但她却丝毫感受不到光明。她摸索着要给他拿张凳子，却总是被他制止住了。他说："大娘，别了，给你念信还是得庄重一些好，咱得学学城里的先生站着念。"这话一说完，大娘就笑了："不瞒你说，我儿子就在城里教书呢！"

她的孩子真在城里教书，不过，那是千里之外的大城市，不是他口中所说的小镇。他见过她的儿子，斯斯文文，戴个眼镜，说话轻言慢语，很是礼貌。只是，这些都是三年前的记忆了，细细算来，她的儿子已有整整三年不曾踏入山里了。

她念子心切，无奈双目失明，不能爬上那漫漫的山路，不然她一定会挺直了脊梁，顺着大路去看看她的孩子。她总是静静地坐在门前晒太阳，听着门外的声音，只要是他来了，她总是能第一个听出来。

幸好她的孩子不曾将她忘记，总是每月按时给她寄来一封家书，还有一张崭新的百元大钞。她小心翼翼地摸索着撕开信件，将里面的百元大钞捏取出来，塞到衣服内里的布袋里，这才急切将信件递给他。

他像个懂事的孩子一样，毕恭毕敬地接过信件，逐字逐句地念过去。她的孩子真是忙啊，每次写的内容和问候都是一样。不过，这些已经足够，从她战栗的身体就能看出，她正在被深深地感动着。

三年就这么悄然而去了，三年后，老人撒手人寰。有人说，她临死前还安静地坐在那张木凳上，懒懒地晒着太阳，似乎是在等待着什么。村里终于决定去找寻她的孩子，将这个不幸的消息传达给他，让他来看看老人的遗体，磕几个响头。

村里的人真把整个小镇都找遍了，可就是找不到她孩子的踪影。最后，千辛万苦所得到的，竟是几年前，她的孩子已在车祸中丧生的消息。村里顿时掀起轩然大波，她的后事该如何处理？

他们终于想到了那些信件，无可非议，那一定是她孩子的配偶或朋友所写的，他们有必要按照有效的地址将他们火速寻来。

他接到消息后，一面含着热泪，一面风尘仆仆地从外地赶了回来。他一语不发地站在旧日念信的位置，愣愣地看着那把陈旧的椅子。

村里人问他来信的地址，他不说，问他在什么地方取的信件，他也照旧不说。没办法，为了节省时间，村里人只好把老人的柜子给撬开了。暗沉沉的柜子底，平平整整地躺着三十六封没有地址的信件，还有三十六张崭新的百元大钞。

村里人疑惑了，没有邮寄地址，没有收信人地址，他是怎么送过来的呢？最后，他们不得不打开信件，追寻最后的线索。

散落一地的信封里，人们终于取出了三十六张相同模样的白纸。

选自《现代妇女》2011 年第 4 期

> 一个善意的谎言，对于不需要的人来说，只是一个简单的欺骗；可是对于需要的人来说，有可能就是活下去的信念和勇气。善意的谎言，也是满满的爱呢。

我们都曾有过一把"绿椅子"

文 / 李良旭

> 如果我们能真正地举重若轻起来，至少在表达上，也会有非同寻常的意义。
>
> ——七董年

20世纪70年代中期，那一年，我刚17岁，还是一名中学生。那时，还处于"文革"后期，人们的思想还十分封闭，对情与爱，灵与欲，更是被深深地压抑着。

我有一个好朋友，名叫许冬强，他生活在一个单亲家庭，和父亲生活在一起。他和我一样大，已长成一米八的大个子，喉结高高地凸起，说话也粗声粗气的。他性格内向，但他和我却是很要好的朋友，有什么心思，总爱向我吐露。

有一天，许冬强悄悄地问我："什么叫偷人？"

我第一次听到这个词，感到很好奇，就问他："我只听说过有人偷东西，没有听说过偷人，你怎么突然问这个问题？"

许冬强脸上忽然露出一丝淡淡的忧伤，他轻轻地说道："没什么，我也只是随便问问。"

看到许冬强欲言又止的样子，我感到很疑惑。吃晚饭时，我突然想起白天许冬强问我的问题，就问母亲："妈，什么叫偷人？"

母亲听了，脸上立刻露出惊愕的神色，问道："你怎么问这个问题？"

看到母亲严肃的神色，我只好嗫嗫嚅嚅地将许冬强向我问的话对母亲说了。

母亲听了，脸上浮现出一种复杂的神情，说道："这孩子，这是大人的事，也跟着操这个心干吗？偷人，是指男女双方有不正常的私情。"

原来偷人是这么回事，可许冬强为什么要问我这个问题呢？

教我们语文的孟老师是一个三十多岁的离异女人，眉宇间，常常显现出淡淡的忧伤。这种淡淡的忧伤，更衬托着她一种成熟、丰腴的美感。我们许多同学常常在背后悄悄议论，她长得真美，我长大了就要娶她当老婆。

许冬强悄悄地告诉我："他很想孟老师，孟老师是天下最美的女人，如果孟老师将来能当自己的老婆就好了。"

我听了大吃一惊，心里不禁涌出淡淡的酸涩：他怎么也有这个想法？怎么和我心里的想法一个样？

孟老师对我们学生十分亲切，同学们有什么不懂的地方，她总是耐心、细致地讲解。她对我们总是那么和蔼、那么可亲，特别是她会讲许多迷人、神奇的故事。她常常讲冰心的《超人》《往事》《冬儿姑娘》《小桔灯》等等，那些美丽、动人的故事，常常让我们听得如痴如醉。

在那个文化生活十分匮乏的年代里，能听到从老师嘴里讲出来的这些故事，不啻是我们这些孩子们生活中最幸福的一件事。在我们的眼里，她就是智慧的化身，我们许多同学都深深地爱上了这双眼睛，爱听她讲课，爱听讲她那永远也讲不完的故事。

上课时，每当孟老师从我的身边走过时，我就会从她身上闻到一股好闻的味道，那味道，真是让人陶醉。

有一次，她伏在我身旁，向我指出作业上的错误。不觉中，她的一缕发丝垂到我的脸颊，那一刻，我感到十分幸福，很想伸出手，去抚摸一下她那柔软的发丝。

一天下课后，孟老师把我叫到办公室，她从抽屉深处取出一本书，在书的扉页上写下一行字："一分耕耘，一分收获。"

她把书递到我手里说道："你作文写得很好，好好努力，无论将来生活发生何种改变，都不要放弃。这是我送给你的奖品，好好看看，要保存好。"

我接过书一看，原来是我国著名作家冰心著的《寄小读者》。早就听说有这本书，可是从来没有见过，没想到老师竟把她心爱的这本书送给我，这里面饱含着老师对我多么大的希望啊。我激动地将书紧紧地贴在胸前，那一刻，我感到自己是天下最幸福的人。

许冬强大概被内心的思念所折磨，他竟大胆地给孟老师写了一封信，信中向老师倾诉了他对她的思念，他让老师等着他，等到他长大了，就娶她当老婆。

他的举动吓得我目瞪口呆，我说："在心里想想就算了，怎么还给老师写求爱信？你这不是疯了吗？

许冬强听了，两眼闪烁出一缕幸福的光芒，他缓缓地说道："我没有疯，这是我内心真实的想法，我必须要说出来，无论结果如何，我都会坦然地接受。"

老师来上课了，我紧张地望着孟老师，心怦怦地跳个不停，心想，这下许冬强要挨批评了，而且还要出丑了。

出乎意料，孟老师很平静地上着课，就像什么事也没有发生过似的。这堂课结束时，孟老师放下书本，眼睛深情地望着台下一张张青春洋溢的脸，目光中流淌着水一样的柔情，只听到她缓缓地说道："同学们，你们现在就像是挂满枝头的那一只只青涩的苹果，要等到苹果成熟的时候，还需要经历日晒雨淋的浸染，还需要经历虫害、病菌的侵袭，才会慢慢成为熟透的苹果。同学们，随着年龄的增长和将来走向社会，你们将会认识更多的人，在那些人中间，一定会有一个美丽的女孩子或者男孩子，会与你十指相扣，共同走向美好的人生。到那时，你一定会充满激情地说道，'亲爱的，你就是我一生相依相偎的依靠'。"

老师充满情感的描述，在我们每一个男生和女生的心里，都荡起层层涟漪，温暖在我们每一个人的心中。我看到许多男生羞涩地低下了头，许冬强更是将头深深地低下。

老师脸上露出一缕幸福的红晕，她说道："下个星期，我就要结婚了，他就是我们学校的张老师，他的爱人因病去世已3年了。这些年来，他一个人带着个孩子的确很不容易，在共同的工作中，我们产生了感情。同学们，我希望得到你们最真诚的祝福和最热情的掌声。"

老师讲完了，寂静的班上突然响起了热烈的掌声，许冬强还带头站起身来，用力鼓着掌，他的眼睛里闪烁着一丝晶莹的泪花……

许多年过去了，我们当年的那些同学回到母校参加同学聚会，孟老师也被邀请来参加。孟老师老了，她成了一个满头银发的老太太，满脸的皱纹，早已看不出当年的丰腴与美丽。当她看到我们这些风华正茂的年轻人时，脸上露出慈祥的微笑。

许冬强走到孟老师跟前，轻轻地拥抱起孟老师，然后，他笑着问孟老师："您还记得当年给您写信的那个青涩小男孩吗？"

孟老师脸上荡漾出一丝幸福的红晕，笑道："记得呢，谢谢你！你那封信，让我看到了自己的美丽和青春，成为我人生中最美好的回忆。那是你们青涩年纪里，一种爱的萌动，青涩而美丽。它让你的一生，多了一份回忆和温暖，刻骨铭心，悠扬而深远。"

孟老师的一番话，引起大家一片温暖的笑容，大家一个一个走到孟老师跟前，拥抱着她，嘴里亲热地喊了一声："孟老师，我爱你！"

孟老师笑了，那幸福的笑容，像盛开的菊花，婆娑、透迤……

新近上演了一部韩国影片，名叫《绿椅子》，在影片片头有这样一段告白：但凡单纯男孩和女孩都会经历这种情感，这是不可否认和回避的：由情生欲，由欲生爱，这部影片用积极的人生态度和人性宽容，为我们塑造了一个唯美的爱情故事。32岁的文姬和19岁的少年玄产生的感情纠葛，让我们看到了人性的欲望和真情，在观众心中荡漾出绵绵不绝的回味。

看了韩国影片《绿椅子》，我不禁流泪了。在我们青葱岁月里，在我们内心里，都曾有过一把"绿椅子"。这把"绿椅子"，虽然浇灭了我们欲望的火焰，但它让我们有了一瞬间长大的感觉。

选自《语文报》2016 年第 22 期

那时年少，虽然冲动，但感情是真的，却不是正确的。感谢那些和蔼的老师，教我们学会许多道理。

"90后" 主人的爱情

文/周月霞

爱情没有特定的法则。

——高尔

我叫皮皮，是一条金棕色京巴狗，雄性，今年四岁半。小军的爸爸刚把我抱来的时候，我的头小得能钻进易拉罐的口里。小军的爸爸跟一个红头发女人走的那天，若不是小军苦苦哀求，妈妈就把我连同他爸爸的照片一起丢进垃圾桶里了。

后来，一直都是小军为我做饭，给我洗澡，他有什么心事也都跟我说。直到小军读高三必须住校才把我交给妈妈照顾。

那不是小军的同学陶晶晶吗？陶晶晶站在路边好像在等人，没看到我。小军总是教育我说，撒尿得避开人，特别是女的。

小军说陶晶晶虽然没有妈妈好看，但比跟爸爸走的女人好看一万倍！他要追陶晶晶。我也感激陶晶晶，要不是她的出现，小军是不允许我单独去楼下约见薛姨家的花花的。

皮皮——别跑远！跟着妈妈出来遛就是麻烦，一会儿看不到就喊。

我整理好形象，绅士地从树丛里钻出来。有个男孩噌一下从我身边蹿过去，吓了我一跳！男孩不由分说就把陶晶晶抱了起来。陶晶晶一边挣脱，一边咯咯笑着骂那男孩，傻蛋，你来晚了！

男孩的背影很像谢霆锋，他挽起陶晶晶的胳膊，两人有说有笑地往前走。

"姑娘，你有个弟弟，你爸爸是司机……"路边有个老头喊住了陶晶晶。

我知道那是个算命的，妈妈说的。有一次有个老头也追着要给妈妈算命，妈妈头都不回地说，只有老头老太太才信这个。可陶晶晶才多大啊，她怎么就站住了呢？

皮皮——妈妈又喊了。

陶晶晶往算命的老头手里塞了钱，拨开那男孩的手，凶巴巴地说了句：要真那样，咱们就分手！

陶晶晶前面走，男孩前后左右地追着她说话。

皮皮——快回来！妈妈这次急了。

我不能让妈妈着急，妈妈已经把我当他儿子那样疼了。何况小军还千叮咛万嘱咐地说，他不在家，让我一定好好陪着妈妈。小军已好几个礼拜没回家了，妈妈给他打电话，他总说，忙。也不说想我，哼！那我也不跟他说陶晶晶的事！

礼拜天，小军终于回家了。妈妈做了很多他爱吃的菜，可小军没吃多少，对我的热烈欢迎连正眼都不瞧一下。

吃完饭，小军紧锁着眉头，似乎心事重重。他没有像往常一样跟我挤在沙发上看电视，我给他叼来的陶晶晶的照片，也被他狠狠丢在地板上。

陶晶晶！陶晶晶上电视了！我汪汪的叫声惊动了小军。

陶晶晶笑眯眯地依偎在那个帅气的男孩身边，男孩一只胳膊上缠着雪白的纱布。

有个瘪着嘴的男人把话筒递过去，问："张健同学，是什么力量让你见义勇为、挺身而出和抢包贼打斗呢？"

男孩涨红着脸，嘴动了半天，才说，"那天有个算卦的说我懦弱、胆小、怕事、没正义感，晶晶不喜欢这样的男生……"

瘪嘴男人又把话筒转向陶晶晶："那你觉得你的男友是个勇敢的人吗？"

陶晶晶眨眨大眼睛瞅了男孩一眼，用力点了一下头。

小军呼地站起身，嘟着嘴、阴着脸，走过去关了电视，径直地回了房间，我急忙跳起来跟了过去。

小军坐在床边不说话，我把头放在他的手里，看着他。他轻轻摸了摸我的头，叹了口气，声音哑哑地小声说："那个算命的，是我花了一百块钱，雇的……"

小军忽然把我紧紧搂到怀里，肯定是哭了，我脖子上感觉湿漉漉的。

我想，现在，我的"90后"主人需要我的安慰，我开始使劲儿舔他的脸。

选自《语文周报》2012 年第 18 期

> 我们为了追一个女孩子真的算是煞费苦心，年轻的时候大概谁都有些可笑的举动吧。

保全母亲的自尊

文 / 马丽华

自尊心是一个人灵魂中的伟大杠杆。

——别林斯基

我曾教过这么一个无比倔强的男孩。

直到多年后的今日，我都清晰地记得他常穿的那件浅蓝色粗制外套、棕绿毛线编织的具有缝隙的宽大裤子。这些朴质的颜色，就和他的性格一样纯粹、倔强，与周围格格不入。

在我印象中，他是极度孤僻的，终日独来独往。我曾试图去了解他，可总以失败告终。周围同学所能了解到的大抵和我所知晓的相差无几，在所有人的眼睛里，他都是一个谜团。

他是学校明文规定的特困生，远在我没有被调来之前，他就是个拖欠学费的问题学生了。接过他们班的花名册时，年迈将退的班主任指着他的名字对我说："这个孩子你得多注意。"

我以为他是班上最调皮捣蛋的孩子，于是，上任的第一天我便把他从那个暗黑的角落调离出来，放到了第一排，置于我的眼皮底下，便于看管。

第一学年的学费我给他垫了将近一半，实在没有办法，光催促他记得带学费就花了一个月时间，好说歹说，就是不见成效。每次问及他，是否家中有什么困难需要我上报时，他总是低头不语。更或者，从始至终，他就没和我说过一句话。

我很是不解，类似于他这样的特困生，学校已经给了很大的帮助。不论是学费还是资料费，几乎都减免了一半以上。对于一个普通家庭来说，应该是不成问题了。可我每次说，每次欠交学费的名单上都有他的名字。

说实话，我开始有点讨厌他。就算家里很困难，也不至于要生活拮据的老师来为此分担所有吧？他又不是我的孩子！

最让人难以忍受的是，对于我这些默默无闻的付出，他从未报以感激，甚至没有说过一声谢谢。

五年级下半学期，从另外一个小城转来了一个男孩，清瘦黝黑。我把他安排到了教室最后的空位上，而此时，那个倔强的男孩早已被我调回了原位。他的懒惰，他的倔强，让我有些烦心。这个顶好的位置，只能让给那些真正热爱学习、渴望知识的善良孩子来坐。

我没想到，他们俩竟会一见如故。

课堂上，我时常能看到他们俩嬉笑打骂，露出一排整齐、微黄的牙齿。

不久之后，学校举行了期中考试，他们俩名列倒数，成了真正的问题学生。我觉得，是该有必要找他们的家长来好好谈谈了。

冬日周末，清晨，当我到达教室的时候，两个孩子已然静坐在内了。旁边，各有一位中年女人，像是他们的母亲。

瘦男孩的母亲一脸温和，主动朝我笑笑；倔男孩的母亲却满是茫然，欲笑，表情却是那般僵硬，不知所措。

我清了清嗓，开始一一数落他们俩在班上的劣迹。

窗外的风，怒吼着，从破碎的玻璃中呼啸灌来，夹杂着几片洁净的雪花。瘦男孩的母亲拉了拉自己的衣领，又整了整自己孩子的棉袄拉链。倔男孩的母亲只能伸手抱住他的孩子，她只穿了一件稍厚的粗线毛衣。倔男孩与她差不多，均露出嶙峋的锁骨。

我继续讲话，两位母亲的脸色愈加凝重，孩子们互望了一眼。

忽然，瘦男孩站起身来，脱下棉袄，给倔男孩递了过去。倔男孩从母亲的怀里腾地坐起来，双手挡住了他的来势。

我被突如其来的事件给弄蒙了，怔怔地站在讲台后。

瘦男孩再次把棉袄塞给偃男孩，说道："你穿吧，我不冷，我里面这件可比你的厚多了！"说完，他神气地抖了抖双肩。

偃男孩看都不看，低头道："不要！"一直不语的瘦男孩的母亲猛然起身，抱住了他的孩子，并将棉袄套在了他的身上。厉声责道："这么冷的天！会冻病的！"

瘦男孩不顾寒风，再次把棉袄脱下，塞给了偃男孩。偃男孩的母亲终于忍不住，大抵是她真觉得冷了，竟双手捧接了那棉袄，往自己孩子身上套。

偃男孩不停地扭动着身子，一边往墙边靠，一边大声哭道："妈妈，我不冷！妈妈，我真不冷。你织给我的毛衣是最暖和的，你织给我的毛衣是最暖和的……"

偃男孩的母亲捋了捋蓬乱的黄发，不语，转头把厚实的棉袄还给了瘦男孩。凉风又起，我依稀看到了偃男孩母亲眼中的热泪。

接下来，我开始不停地说这两个孩子的优点。因为他们一个让我看到了调皮男孩背后的善良，一个以最倔强的姿态诠释了他对母爱的依恋，并为他的母亲保全了穷人的自尊。

选自《聪明泉·情商版》2009 年第 1 期

身体上的贫穷好过心灵上的一贫如洗。用世俗的眼光去看待一个贫穷的人，是很盲目片面的。

娘儿俩相爱的方式

文/冬凝

给人以光明，给人以温暖。

——萧楚女

吕梅

认识青扬爸没几天，我就知道我们中间有个小孩叫青扬。后来我与青扬爸领了证，因为青扬，就没举行任何仪式。

青扬爸有歉意，他提议出去旅游，我想了想，还是拒绝。带青扬不方便，不带他，又不想因为有我的加入，让青扬感到爸爸对他的爱有所分割。

青扬不称呼我，不叫妈妈不叫阿姨，只是与我疏远着。平日里，他并不刁难我，我喊他他就答应，却不主动跟我说话。我不注意他的时候，他会偷偷端详我，我给他送去洗干净的衣服或者给他夹菜，他说谢谢，却看都不看我一眼……我忽然意识到他是与我隔阂着，才这样小心谨慎。

可这不是我想要的，因为这不是一个正常家庭应有的气氛。我既然选择与他们生活在一起，就是为了大家都能享受到家的温暖和幸福，而不是小心着相安无事。

虽然与青扬毫无血缘关系，但在身份上已经成为他的后妈。我今后的幸福，与这个小孩息息相关，与他相处是我必须面对的。

只有得到他的爱，才算拥有了这个家。

我对青扬爸说，给我们一个单独相处的时间吧。

青扬

爸爸加班。

只有我和她在家。

我有点紧张。

说实话，她不像坏人，她跟院里奶奶们描述的后妈完全不同。除了她笑得很好看之外，还因为她在我这么大的时候，也跟我一样得过大红花是个好孩子。她给我看她腿上一块不大显眼的伤疤，那是有一次追小偷时摔倒留下的。我差点要惊叫了，她还是个英雄耶。可是她温柔地说，她不是英雄，她只是想告诉我，她不是个坏人罢了。

说这话的时候，她的手伸过来，想要拥抱我，我躲过了。我鼓起勇气问她：“你当了后妈，会慢慢变成像白雪公主的后妈一样的坏人吗？”

她竟然回答不知道，我瞪大眼睛，不由得退后几步。她笑了，接着说，如果以后我欺负她或者做了不该做的事，她肯定会批评我，兴许严重起来还会打我。她说如果那样的话，我肯定会认为她是一个坏人。

这个，这个……我只好对她保证，我会做个好孩子。

她也很干脆地保证，她会做个好后妈，跟白雪公主的后妈完全不同的好后妈，照顾我，疼爱我。

“真的？”我问。

她微笑地看着我，说：“我们拉钩，好吗？”

她也实在不像个坏后妈。我犹豫着，却又不由自主地伸出手，迎上她的小指。

吕梅

青扬的确对我有所戒备。

青扬的爸把门关上的声音，让小小的青扬有点坐立不安。他盯了我片刻，咽了一下口水，然后说："我害怕后妈。"我想了想，对他说，我也害怕。我说我小时候读过白雪公主，那时候，我也认为后妈是坏人，会虐待小孩。

青扬很惊讶我会这样说。他以一个五岁小孩的智慧，接着试探着问我是不是坏人，我向他列举了很多我不是坏人的理由。

小孩到底是小孩。一时间他忘记我们讨论的问题，很崇拜地看着我。我笑起来，忍不住地要拥抱他，没想到这个动作又唤起他下意识的防备，他退了退，拒绝了我。

不过，两分钟后，他还是掉到我绕的弯子里。他小小的嘴巴微微嘟起，不很情愿地跟我拉钩，我们约定，只要他做个好小孩，我就做个好后妈。

我只是想，我要对他好，真的好。

青扬一岁多失去母亲，小小的他不懂得悲伤，在奶奶与爸爸身边长大。在最需要呵护最需要照顾的年纪，他没有感受到母爱，纵然得到大家万般宠爱，他也依然是个可怜的小孩。在我们一起生活之前，对于后妈，周围人必定为他做足了功课，所以，我应该担待他对我保持的距离与防备。

青扬

她跟别的后妈不同，也跟别的妈妈不同。

我还没有尽力做个好小孩，她就真的做了好后妈。

起初回奶奶家，邻居们会拖住我问：青扬，她做什么饭给你吃？骂不骂你？打不打你？

我告诉奶奶，她对青扬真的很好。奶奶捏捏我胖乎乎的脸，看着我快乐的样子，偷偷抹眼泪。

好多年后的一天，她也在，奶奶说，青扬，你妈妈养大你很辛苦，你以后，要孝顺你妈妈。

她笑了。她说将来我能飞多远就飞多远，我快乐她就快乐。

这话是真的。同学们都被家长逼着学习各种才艺，上什么奥数英语，可是我不必，我甚至不需要在完成作业之外与课本纠缠。我喜欢看课外书，她一捆一捆买回家，我喜欢动漫，她就尽力为我找与动漫有关的资料。

她也说过课外学习的事，她问我："想想，你喜欢学什么？"我说我都不喜欢。她很干脆地决定，那就不学。我问她："难道你不想我与别的小孩一样成才吗？"她想了想回答我："我认为对于一个小孩，快乐成长比成才更重要。"

为这，她曾经与我爸起了争执，最后她说："青扬是我亲生的我也会这样做，这是我爱一个孩子的方式。"

于是我就被很多每天忙于修炼各种本领的同学羡慕，他们好奇，反复地问，你妈真的不给你买 AB 卷？你不去英语班你妈真的不生气？你真的可以玩电脑游戏？你妈真的要你自己安排课余时间……问来问去，他们说，青扬的妈妈真好。

嗯，我也觉得，青扬的……妈妈，真好。

吕梅

我只是想让青扬知道，长大的过程，其实很温暖，也很简单。

从怯生生提防我的小孩，到自然接受我的拥抱，我用了大半年的时间。青扬的爸爸提出再要一个小孩时，我想了又想，终于拒绝，青扬就是我的孩子。看着青扬英俊的小脸，我不舍得让他感觉半丝忽略。

再后来，青扬的奶奶觉得对不住我，反复地在青扬面前提起，将来要好好孝顺我。其实真的不必，我享受爱他，陪他成长的过程。

青扬喜欢动漫，无意各种学习班兴趣班，我便给他自由。压根，我就只想给他一场没有遗憾的快乐成长。但在高考前，我与他有过一次深谈，我要他认真思考一下，将来想做什么，明确他喜欢的是什么，将来想要什么样的生活。

几天后，他有些犹豫地告诉我，想去北京，想学动漫，将来去美国深造。我没有反对，虽然北京离我们这个城市太远。我说，向你的目标努力。

三个月后，青扬真的拿到北京一所重点大学的通知书。

我听得出，青扬奶奶话语里欣喜中透露着的歉意，她絮叨，怎么能让青扬去那么远，孩子就是鸟儿，有了翅膀飞出去就难回来了。操这么多年的心，好不容易把他养大，应该把他留在身边，将来……

我对青扬奶奶说，把青扬养大，还不是为了让他去飞？他应该有自己的生活。

青扬

同学们考很远的学校大多是想要逃出父母的天罗地网，可我不是，我在向我的目标努力。我决定去北京，妈丝毫没有反对，倒是奶奶，犹豫了一下。

可我还是听到了奶奶与妈妈的对话。的确，常回家看看已经立法，很多人都在说，父母有抚养子女长大的义务，长大的子女也有陪在父母身边为父母尽孝养老的义务。可是我妈，这个与我没有一点血缘的妈妈，她竟从来都不曾提醒和要求过我有这样的义务。

我突然有些懊悔，我只管自己的意愿而不顾及她的感受，是不是太自私了？那天晚上我们一起散步时，我对她说："妈，我想，在本地上大学。"

"为什么？"她停下脚步，扭过头，诧异地看着我。

我也看着她，"妈，您是不是太纵容我了？您应该把我留在身边的。"

她笑了，很久，她慢慢地说："如果，父母抚养孩子，只是为了把孩子留在身边为自己养老，那这爱岂不很自私？我更想你可以带着你的梦想，自由追逐喜欢的生活，好好对得起自己这一生。"

我的眼睛潮潮的，说不出任何华丽的话。

四年后，我决定报考美国一所学府的研究生。她说，去吧去吧，能飞多远飞多远。

又是两年后的秋天，当我在纽约校园做毕业前最后的冲刺时，收到她发来的一封邮件，是她和她的旅友在敦煌欢呼的照片。

她什么都没有说，但我知道，她只是想告诉我，她很好，不寂寞不孤单，无须我惦念，而我，只要过我想要的生活就好。

妈妈，我尽力，让您得偿所愿，心满意足。

青扬奶奶

我是青扬奶奶。

也许你们猜到了，青扬是个苦命的孩子，一岁没了妈，五岁那年吕梅的到来，重新给了他一个完整的家。可不幸，十岁，他又失去了亲爸。

谁能说青扬不是世上最幸福的小孩？他爸去世后，吕梅还年轻。为了青扬快乐长大，为了青扬不受委屈，她不肯再嫁，像对亲儿一样疼着青扬。

现在，我要吕梅把青扬留在身边，将来老了有个照应。吕梅却放手，让青扬飞，多高都行，多远都行。

吕梅说，重要的不是她，而是青扬，青扬应该有自己的生活。

其实我这老婆子什么都懂。吕梅半辈子，做了好女儿、好妈妈、好妻子、好媳妇，唯独她没有做自己。人一生有很多角色，每个角色都是配角，只有自己才是主角，可是吕梅半生，唯独没有她自己。

所以，她不肯占有青扬的快乐和自由，即使以爱的名义。她站在青扬身后，那么自然地隐藏起不舍与想念，微笑着送青扬飞翔。

可是你猜，远走美国时，青扬附在我的耳边说了什么？

他说:"奶奶,不管我飞多远,妈妈需要的时候,我都会调转方向,毫不犹豫地飞回家。"

青扬真的长大了。他知道,他飞翔的羽翼,是吕梅给的。

是的,这是青扬与吕梅娘儿俩相爱的最好方式。

选自《分忧》2014 年第 3 期

爱的最高境界是放手,让他做最好的自己。无论是基于爱情,还是亲情。

再见了，记得温柔相待

文 / 胡识

一个老年人的死亡，等于倾倒了一座博物馆。

——高尔基

我记得小时候的某个晚上，妈妈在房里收拾衣物，爸爸蹲在犄角旮旯，我和弟弟跪在泥地里打弹珠。突然，爷爷从另一个屋里跑出来，他张开双臂重重地说："娃，从明天起，你两兄弟由爷爷养。""啪"，弟弟的弹珠打中了我的弹珠，爷爷的眼珠子有些木讷。

我抬起头，用狐疑的眼神看着爷爷，你养？

"那爸妈去哪儿？"弟弟将赢回来的弹珠塞进汽水瓶里，侧着身子问。

"爸妈明天去打工！"爸爸从地上捡起一枚石子往院子里的泡桐树身上扔。我看到爸爸的脸变得煞黄，焦黄，像被土烟熏了整整一个冬天。

那一年，爸爸做谷子买卖赔了大本，为了还债，爸爸要带妈妈去深圳打工。妈妈说，再过一个月就过年，不能离开老家，妈妈死活也不同意。结果，爸爸撕破面子和里子，酗酒，抽烟，和妈妈干了半个月架。

腊月二十，爸爸坚决要走，他一个人跑到房里卷起铺盖。妈妈愣愣地倚靠在泡桐树上盯着爸爸的背影，像极了一只在偷偷抹泪的小麻雀。妈妈显得有些孤单。

爸爸转过身，妈妈急急忙忙地用袖子揩揩眼睛，看了爸爸好几眼，再走向前，又一把拉起爸爸的手，吃吃地说："孩子他爹，你不能一个人走！"爸爸搂住妈妈的腰，他的眼睛有些湿润。

大人们都说爷爷有一双顺风耳，爸妈打算外出打工，不在家过年的事瞒不过爷爷。爷爷很生气，他说，没钱也得在家过年！

大人们也说爷爷是"刀子嘴，豆腐心"，最后，爷爷还是没能帮我留住爸妈。我嘲笑他说："爷爷，你老了，真没用！"

爷爷蓦地汗毛倒竖，唉，怕是真老了吧？！

第二天，我看到爸妈背起蛇皮袋，钻进野鸡车，爸爸弓着背，妈妈的脸埋在玻璃上，他俩同我们挥挥手。我很好奇，睁大眼睛问爷爷："爷爷，爸妈在干吗？"

爷爷从口袋里摸出一根香烟，跟泡桐树在冬天一样沉默。直到野鸡车渐行渐远，爸妈的手摇晃得厉害时，爷爷才吞吞吐吐地说，你的爸妈在同我们告别。

"那告别是什么意思呢？"弟弟反过头问。

"告别就是和我们再见。"说完，爷爷的泪花一股脑地从眼缝里渗了出来，爷爷的土烟被打湿了，我感到有些难过。

那是我第一次体会再见的含义，原来再见就是，当亲人快要在我们的面前消失时，我们不会站在原地一动不动，会伸出手来或是拔腿去追，也会慢慢流泪。

爷爷的那盒土烟是爸爸前两天和爷爷吵架时，一气之下扔掉的。爷爷把它捡了起来，藏在兜里。怪不得我看他的裤兜总是鼓鼓的，跟藏了很多个馍一样。

我问爷爷，烟好吃吗？

爷爷点点头，不一会儿却传来一阵阵咳嗽声。

三年后，我陪爷爷去医院做 LB（肺活体组织检查），大夫说爷爷得了肺癌，得抓紧时间做化疗。爷爷不信，连连拍着胸脯说："你胡扯，我的肺杠杠的。"爷爷从大夫手里抢过化验单，拉起我的手朝外走，一路上，他咳个不停，我很担心。

晚上，爸爸打来电话，我说爷爷得了肺癌。爸爸也不信，他骂我是乌鸦嘴。爷爷在一旁跟着凑热闹说我不懂事，他说他的命硬得很，还故意说得好大声。爸爸信以为真，挂了我们的电话。

可没过多久，爷爷病危入院，他呼吸又低又沉，我坐在床边哭着说："爷爷，爸妈马上就会回家。"爷爷转过脸来，面色惨白，眼珠子一动不动。

我大声喊："爷爷，爸妈马上就会回家。"爷爷的手靠着棉被，枯柴一般，很慢很慢地举起一点点，抓住我的手。我紧紧握着爷爷的手，说："爷爷，你怎么啦？你倒是说话啊？爸妈马上就会回家！"爷爷声音很小，低到尘埃里，就像当时爸妈坐在野鸡车里隔着玻璃同我们告别一样。

爷爷说："娃，爷爷养不大你，要走了，你得好好读书。"

我说："爷爷不养我，我就不读书。"

爷爷说："爷爷要走了，养不大你，你要好好读书。"

我大声说："不读书！"我回过头，看见站在门口的爸妈，他们脸上挂满眼泪。我又把头低下来，看见爷爷的手抓着我的手，轻声细语地说："好吧，我好好读书。"

话音一落，爷爷的眼珠子往上一翻，爷爷走了。那是我见过的最撕心裂肺的场景，爸爸跪在爷爷的床头边泣不成声，妈妈搂着弟弟的头哭得歇斯底里，我把耳朵贴在爷爷的胸脯上哭。

爷爷说："娃，不哭，俺会好好养你。"

我说："我才不要你养，我要爸妈养，他们得回家。"

爷爷说："你的爸妈和我们说完再见后，会很晚回家。"

我说："爷爷，我怕。"

爷爷摸摸我的头，说："乖，有爷爷在，咱就不怕！"

后来，每当我经历一场告别，爷爷的声音就仿佛飘荡在空气里，人潮里，让我感到温暖而又踏实。这是我生命中最珍贵的一场再见，因为再见，我懂得珍惜我与亲人们在一起时的幸福时光，我懂得温柔相待。

选自《意林·作文素材》2016 年第 9 期

　　时间易逝，人生中最不缺少的就是离愁别绪。离别是为了下一次相遇的开始，相守的时光才变得美丽。

折断的翅膀并肩飞翔

文 / 郭秀娟

换我心，为你心，始知相忆深。

——顾夏

那一年，秋天来得有些早，唐晓雅进城的时候，村口已经满地落叶。和妈妈挥别了乡亲们，晓雅带着村人的嘱托，迎着渐冷的秋风踏上了进城求学的道路。

父亲去世得早，晓雅从小和母亲相依为命，她很懂事，没怎么让妈妈操过心。中考顺利地考进了县城的高中，为了给晓雅挣到足够的学费，妈妈也随她一起来到了城里的一家饭店打工。

开学那天，晓雅站在全班同学面前，拘谨地低着头："大家好，我叫唐晓雅，来自北山镇西房村。"底下传来了窸窸窣窣的笑声："唐小鸭，嘿，你们看她真的有点像小鸭子！"一个女生故意大声说道，引得同学们哄堂大笑，晓雅后来知道那个女生叫宛璐，她爸爸开了一家大公司，家里很有钱。

晓雅看了看自己穿的黄色绒衣，那还是前年表姐给的，自己一直舍不得穿，进城才拿出来，没想到却被取笑成鸭子。北山镇是有名的穷地方，这群城里孩子看到晓雅，难免带了些异样的眼光。

老师好不容易让课堂安静下来，晓雅匆忙低着头走到了自己的座位上，心里满是委屈，几乎要掉下泪来。自己也想买新衣服，可是想起妈妈大冷天还要刷那么多盘子，怎么忍心开口要钱呢？第一节课就在这样的不愉快中过去了，晓雅甚至没听到老师在说什么，只是在心里暗下了一个决心——一定要拿到奖学金，那样就可以买新衣服了！

从那天起，晓雅拼了命地学习。以前放学回到家还要帮妈妈做农活，现在所有的时间都可以用来学习了，晓雅特别珍惜这样的机会，别的同学在玩的时候她总是一个人在座位上默默地看书。很快第一次月考来了，成绩出来的时候，同学们都大吃一惊，晓雅超了第二名的宛璐整整 30 分！一瞬间，以前鄙夷的眼光变成了钦佩，只有同班的宛璐不屑一顾。

"考第一名有什么用，还不是连件新衣服都买不起，哼。"宛璐斜斜看着晓雅。宛璐初中时一直是学校里的第一名，到了高中第一次考试就被晓雅超了 30 分，一直很不服气，视晓雅为眼中钉。

一次晓雅洗饭盒时不小心把水溅到了宛璐的衣服上，宛璐当着那么多的同学对晓雅大发雷霆："你没长眼睛吗？我这可是刚买的名牌衣服，好几百呢，要是弄坏了，你赔得起吗？"晓雅的脸红到了耳根，手拽着衣角不知道该说什么。"哼，山里来的穷鬼，身上都是穷味。"

宛璐不顾晓雅的尴尬，扭头在同学们异样的目光中扬长而去，留下晓雅站在原地不知所措。"晓雅，你没事吧？"好朋友妍妍安慰道，"别往心里去，她就仗着自己家里有点钱，有什么好显摆的。""我没事，我们回去吧。"晓雅擦了擦红红的眼睛走开了。

日子越来越长，晓雅淳朴、善良而又勤奋的品质得到了大家的认可，也有了很多朋友。期中考试以后晓雅终于拿到了梦寐以求的奖学金，要买新衣服吗？晓雅思考着：现在同学们对自己都不像一开始那样了，也没必要买了吧。妈妈每天那么辛苦，还是把钱给她让她高兴一下吧！想了很久，最终晓雅决定把这笔钱给妈妈。穷人的孩子早当家，晓雅很早就知道什么事都替妈妈着想。

一天晓雅正在看书，妍妍神秘兮兮地跑到晓雅面前说："晓雅，我告诉你一个好消息！""嗯？什么事啊？"晓雅疑惑地看着妍妍。"听说宛璐的父亲不久前做生意被骗了，赔光了家里所有的积蓄，她父亲一时着急，突发脑溢血，至今还住在医院里，这回看她还敢不敢瞧不起你没新衣服了！"晓雅心里一惊，"怎么会这样，那宛璐不是很伤心？""哼，谁让她平时趾高气扬的，这回遭报应了吧！"晓雅沉默了，她想起了自己去世的父亲，宛璐现在一定很焦急吧。

"想什么呢，晓雅？""哦，没什么，你知道她爸爸在哪家医院吗？""好像在中心医院，据说要住一段日子呢——哎呀！你快看书吧，期末考试好好考哦，一定要再超过宛璐30分——不，要超她60分哈哈！"晓雅冲着妍妍笑了笑，心里一点都不觉得痛快。现在宛璐一定很需要期末的奖学金吧，而且这也会让她家里高兴一点吧，想到这里，晓雅心里暗暗地有了一个计划。

很快期末考试了，晓雅看到宛璐疲惫地坐在座位上，一脸憔悴，这更让她相信自己的决定是对的。考试结束第二天，晓雅没有等成绩而是一早就请假离开了学校。班主任在墙上贴出成绩单的时候，大家都吃了一惊，晓雅竟然考了第二名，比宛璐少了20分。

宛璐正纳闷，忽然听妍妍跟另一个女生说："我昨天晚上路过办公室，听语文老师说晓雅这次竟然没写作文，不知道是为什么！我昨晚问她，她说自己考语文的时候不舒服，作文没来得及写，可是那也不能一个字都不写啊，这回要让某些人高兴了，哼。"妍妍斜斜地看了宛璐一眼，可是宛璐并没有在意，她此刻完全沉浸在疑惑中：晓雅怎么会突然生病连作文都不写呢？

来不及多想，宛璐赶紧回医院去看爸爸。快到病房门口的时候，宛璐忽然听到病房里传来了说笑声，一开门，她看到竟然是晓雅在病床前陪爸爸妈妈聊天呢！"璐璐，快过来，还愣着干吗，快来陪你同学坐。"

"哦，好。"宛璐愣愣地坐到了病床边上。"晓雅，你……""哦，我有些不舒服，来医院检查一下，正好来看看叔叔。你不知道吧，前天考语文我肚子疼，作文都没写呢，这回可考不过你了，唉。"晓雅故作苦笑地叹了口气，然后又笑着说："不过你下次小心哦，我一定会超过你的！"宛璐看着晓雅一点生病的样子都没有，瞬间什么都明白了，她是故意让自己的啊！"叔叔阿姨我先回去了，有空再来看你们。""嗯，好，璐璐，去送送你同学，晓雅以后有空到家里玩，叔叔阿姨给你们做好吃的。""好啊，叔叔阿姨再见。"

宛璐跟在晓雅后面出了医院的门，"晓雅，等等。"晓雅回过头看着宛璐，"嗯，怎么了？"宛璐拉着晓雅的手说："晓雅，以前我做的那些过分的事，你别在意……""什么啦，又不是什么大事，我都忘了，你也别记着了。""嗯，那晓雅，我们以后能做好朋友吗？"宛璐紧张地看着晓雅，想起自己以前做的事，心里很担心晓雅拒绝。晓雅拉着宛璐的手笑了笑，看着宛璐的眼睛说："我们已经是了啊。"

两个花季女孩儿紧紧拥抱在一起，两颗年轻的心紧紧贴在一起，她们对彼此承诺：从此以后，两只折断的翅膀一定要一起并肩飞翔。

选自《青春期健康》2015 年第 2 期

> 有些人其实可以做很好的朋友，只是我们固执地分开了。张开怀抱，靠近，然后接纳——友谊地久天长。

最是那含着泪水的微笑

因为我知道，这种含着泪水的微笑，是以冷静、理智的心态做醪糟酿制而出的琼浆，所有的忧伤和悲痛都已在苦难的坛子里静静发酵。最后从坛子里飘出的，全是令人心动的醉人芬芳。

和青春里的那些委屈握手言和

文 / 邹华卫

万两黄金容易得，知心一个也难求。

——曹雪芹

一

春节，青荷带刚出生一个月的宝宝回母亲家休养，刚到没多会儿，莲叶就打来要前来探望的电话。

青荷想都没想一口回绝，她妈劝解道："何必呢，那么多年的好朋友。"

青荷有些怅然地说："只要见到她，我心里就压抑。"

可是没多会儿，莲叶还是来了。

青荷正给宝宝喂奶，门响，宝宝一动，立时被呛了一下，青荷急急地把孩子抱直了拍，衣服也没顾得拉一下。正狼狈着，莲叶已经带着她粉嘟嘟的小女儿，笑容灿烂地出现在青荷面前。她一边从包里掏出一个大红包，一边对青荷说，恭喜呀，你这也总算当上妈了。

这话听起来真扫兴。什么叫"总算"？不就晚点嫁人，晚几年生孩子？你这就有了得意的资本？青荷不悦，喏，这就是自己不想看到她的原因吧。

那天晚上，父亲张罗着宴请亲朋，为宝宝办满月宴，莲叶不见外地留了下来，不出所料地与她的小女儿一起出尽风头。那么漂亮优雅的女人，想不让人注意都难。亲戚朋友纷纷与莲叶举杯，就连青荷老公，也忍不住问她："原来你有这般好的闺蜜，怎么以前没提起？"

青荷的心情一下子坏到了极点。

跟从前一样，有莲叶的地方，青荷便永远都有着无法排遣的自卑。这么多年，这仿佛成为一种惯性，无论她怎样努力，都摆脱不了莲叶带给她的压抑。

就像此刻，莲叶站在人群之中，散发着耀眼的光芒，而青莲，原本喜得宝宝的幸福和骄傲在瞬间就被打回原形，又变成学生时代"绿叶衬红花"的局面。"绿叶"就是青荷，而"红花"，还是光芒四射的莲叶。

好讨厌，苏莲叶。

二

青荷和莲叶同年同月同日生，连名字都带着缘分味儿。三岁那年，互不相识的她们上了同一所幼儿园，在父母与老师的惊叹声里，她们相遇。

青荷第一次见到莲叶，不由得眼前一亮。穿着白衣绿裙的莲叶，就像莲花池中走出来的莲花仙子，粉嫩白皙，和皮肤黝黑的自己形成强烈的对比。

青荷喜欢莲叶，莲叶也喜欢青荷，她们迅速成为一对形影不离的小闺蜜。莲叶长得招人喜欢，嘴巴又甜，能歌善舞，深得老师偏爱，每逢演出，莲叶都是响当当的领舞。直跳得青荷拉着老师的衣襟，一声声求，老师让录音机歇会儿吧，录音机都唱累了。

当然，老师也喜欢不擅长跳舞的青荷，因为青荷总是全班第一个能正确回答老师提问的小朋友，60 道 10 以内加减法，青荷能在一分钟内搞定，绝不出错。莲叶抿着小嘴巴，练一遍又一遍，就是比不过青荷。想来，青荷的学霸天赋在上幼儿园时，就已经初露锋芒了。

　　她们一起上小学、上初中，后来青荷以第一名的绝对优势上了区重点高中，而莲叶家交了一大笔赞助费，才得以与青荷继续同学。这所中学12个班，她们以极小的概率，继续同班，仍然同桌。

　　外人看来，她俩亲密得如同姐妹，可只有青荷知道，她再也不可能像在幼儿园那样纯粹地喜欢莲叶了。她羡慕、嫉妒，还掺杂着不屑，漂亮又怎样？还不是好看不中用的花瓶一个？

　　老天真的不公平。莲叶越长越高挑儿，白皮肤，高鼻梁，漂亮得像仙子。而青荷一直停留在1.55米的身高上，不仅要与越来越多的脂肪作战，还莫名地长了一脸可恶的青春痘。与莲叶并肩走在校园里，总有男生吹口哨，青荷低头疾走，她知道，他们是冲着莲叶。

　　这样的境况，让青荷又自卑又压抑。

　　有一年竞争学生会主席，唯一的名额，经过层层筛选，只剩下青荷与莲叶。两个人的表现都堪称完美，评委老师难以抉择，一个男生带头喊起莲叶的名字，一呼百应，学校操场上"苏莲叶"的呼声高涨，此起彼伏。众望所归，莲叶做了学生会主席。是的，学校里不论男生女生，都喜欢漂亮又有亲和力的莲叶，不似青荷，总是拒人于千里之外。

　　那天回到家，青荷一个人躲到被子里哭了很久。既生莲叶，又何生青荷？青荷暗下决心，要永远霸占第一名，恐怕也只有成绩，才是青荷在莲叶面前的骄傲了。

三

　　莲叶遇到难题就会问青荷，这让青荷不胜其烦。但心里，她不得不承认，因为莲叶，她的高中生活才不至于同其他埋头苦学的同学一样，枯燥寡淡得如同一杯白开水。莲叶跟她分享新书，给她讲同学八卦，甚至给她看收到的那厚厚一摞各种不同风格的情书。

高二寒假，青荷去莲叶家玩，莲叶去洗水果，青荷随便翻开桌上一本参考书，却不料书的扉页上赫然写着："青荷，我要超过你。"青荷忙不迭地合上，惴惴不安。这几个字，从此刻进她心里，让她不敢有一丝松懈，仿佛哪一刻放慢，莲叶都会抢走她唯一引以为豪的资本。

高考后，青荷毫无悬念地去北京读了名牌大学，而莲叶到底是留在了本省名不见经传的小城，读了个普通二本。

上了大学，两人不约而同地与对方断了联系。她们只是偶尔从其他同学那里，得知对方的消息。没有莲叶在身边形成鲜明对比的青荷，慢慢褪去自卑与青涩，也变得漂亮自信起来。只是，同室的姑娘们说起各自的高中生活时，青荷总不肯插嘴，她不愿意回忆那些因为莲叶而深深自卑的时光。

莲叶开始工作时青荷考研，青荷研究生毕业，莲叶不仅晋至公司高层，且已觅得如意郎君。而青荷，在京城找了几个月的工作，还高不成低不就，一气之下，继续考博。

这一年春节，回老家的青荷见到了莲叶和她的夫君，莲叶比从前更漂亮、更有气质了，夫君魁梧帅气，亦是一表人才。孤家寡人的青荷，再一次被与从前无异的自卑与压抑控制。与莲叶一起长大，无论自己如何努力，都没有摆脱成为不折不扣的输家的命运。

那一刻，她觉得自己颓败到了极点。

四

青荷终于得到爱情的垂青，找到自己的真命天子。然后结婚，生子，青荷都没有打算通知莲叶，如果可以，她宁愿从幼儿园起，就不认识那个叫苏莲叶的姑娘。

可谁会想到，莲叶仍会不请自来。

那晚，莲叶喝得有点多，便以此为由在青荷家不肯走，她把女儿抱在青荷的宝宝旁睡下，自己则像小时候那样，一边赖皮地挤到青荷的身边，一边絮絮地说话。

莲叶说，青荷啊，你知不知道这么多年，我对你有多么羡慕嫉妒加上恨？你丝毫不必用功，轻轻松松就能当学霸，而我无论怎样努力，对前十名都还是望尘莫及。你哪一次失利考得不好，就是失利的分数在我也是如雷贯耳，我嫉妒你都快发疯啦！你作文写得那么好，当范文，拿大奖……

莲叶用手捂住耳朵，很痛苦地摇头，天哪，我都不愿意再去回忆这些情节，我怎么会有你这样一个才女做朋友，你总是遮挡着我的光芒，你知不知道那么多年，我有多压抑，有多自卑……

青荷张大嘴巴，半天没回过神来。莲叶嫉妒她？莲叶因为她青荷而自卑、而压抑？这，怎么可能？

明明这么多年，一直是自己在自卑，自己被压抑着。莲叶漂亮，舞跳得好，人缘更好，无论老师还是同学，喜欢的都是莲叶，而青荷自己，除了成绩可以与之抗衡之外，几乎被周遭遗忘……

青荷看着莲叶，莲叶看着青荷，同时笑了。原来，那些年，她们是相互嫉妒，相互把对方当成参照。对于青荷，成长路上，一直有个出色朋友遮挡自己的光芒，的确糟糕到极点，可同样，对于莲叶，一直有个学霸做她的闺蜜，也一样让人沮丧不已。

莲叶有些煽情地感叹，很多时候我都想，如果没有你，我就不会那么努力，当然也不会有现在的我。其实你对我影响深远，是你的优秀成就了我的今天。

青荷也感慨起来，其实今天的我又何尝不是因为你？想在你面前找到自信，唯有在学业上持之以恒地努力啊。

— 和青春里的那些委屈握手言和 —

一刻间，青荷突然觉得庆幸，庆幸自己的生命中有一个叫莲叶的漂亮姑娘与她并肩长大，因为莲叶，青荷的年少时光才会那样丰满而灵动。

青荷拥抱了莲叶，莲叶热烈地回应她。

青荷说，莲叶，谢谢你。

莲叶说，谢谢你，青荷。

是的，除了是最好的闺蜜，她们还是彼此成长岁月里最好的见证者。此刻，她们各自与旧时光里那个自卑压抑的自己握手言和，也与青春时光里那个对面的优秀女子握手言和。

选自《语文报》2014 年第 22 期

> 我们都是固执的小狗，在离开彼此的时候还在偷偷回望。大胆地去握手言合吧，其实你们还在彼此牵挂着。

情敌与上帝

文 / 凤凰

爱就是充实了的生命，正如盛满了酒的酒杯。

——泰戈尔

丹尼尔是一位户外运动爱好者，每年都要参加十几次户外运动，有时他与别人一起，但更多的时候他是一个人去。他觉得，一个人去搞户外运动更刺激。可是自从结识安娜后，丹尼尔却再也没有搞过户外运动，因为他怕自己出意外，他也不想让安娜为他担心。可没想到的是，有一天，安娜却让丹尼尔带她去参加户外运动。丹尼尔见安娜喜欢户外运动，吃了一惊，他想，安娜难道是因为我才爱上户外运动？

为了玩得更开心，丹尼尔和安娜决定就他们两人前往，不再与别人组团。安娜说她最喜欢雪，她想去爬雪山，丹尼尔同意了。一座海拔五千米的雪山，位于城市东部，他们驱车前往。在山脚，丹尼尔停好车，带上装备以及足够的食物，然后就拉着安娜往山上走去。在此之前，他就与别人爬过这座山，他知道这座山很危险，就没有到山顶。他想，这次有了安娜，更不可能爬上去，到时候，安娜就会知难而退。

其实，丹尼尔根本就没有信心爬这座雪山，但安娜愿意，他只好陪着她，他所做的一切，只想让安娜开心。只要安娜开心，他愿意做一切，包括付出自己的生命。在此之前，丹尼尔虽然喜欢刺激，但他特别在乎生命，他总是知难而退，所以，别人上过这座雪山，他却在快要到达山顶的时候放弃了。可是现在，他觉得他的生命是属于安娜的，原来爱一个人，自己就不再重要了，自己的一切就都属于对方了。

丹尼尔带着安娜，走着那些熟悉的道路，可是在心里，他还是暗暗担心，怕出意外。倒是从没爬过雪山的安娜，根本无所畏惧，一路上说说笑笑。见安娜如此开心，丹尼尔根本没法开口劝她下山，他想，就让自己把所有的痛苦都承担起来吧。虽然上山的道路丹尼尔走过好几次，但是这一次，他却无比小心，他不允许自己有任何闪失。他可以不担心自己，但却不能不担心安娜，这一次，他比哪一次都更在乎生命。

第二天，天上飘起了雪花，安娜无比开心，她觉得这样更加刺激了。丹尼尔却建议下山，说下雪了，很危险。可是此时的安娜哪里肯听他劝说，相反，她还挣脱了丹尼尔的手，勇敢地走在了前面。甚至说要是丹尼尔不肯陪她上山，那他就下山去吧，她一个人也要上山。见安娜如此固执，丹尼尔只好叹息，只好跟在了安娜身后。雪越下越大，风越刮越猛，上山的道路，越来越难走。此时，丹尼尔的心揪得紧紧的。

意外终于发生了，安娜突然一个趔趄，眼看就要摔倒，丹尼尔赶紧上前扶她。刚把安娜扶稳，丹尼尔自己却跌倒了，他不但受了伤，而且更糟糕的是，他身上的包滚落了，一直向山下滚去。安娜见此惊得张大了嘴巴，丹尼尔却说自己没事，可是他努力了好几次都没能爬起来。安娜要上前扶他，他连忙摇了摇头，他发现，自己的腿已经断了。现在，他们又没法与山下取得联系，他们只能坐着等待有人上山。

可是，这样的雪天，又有谁会上山呢？即使是最爱寻求刺激的人，也不可能在这种天气上山。坐着，只能等来死神；下山吧，可丹尼尔不行。他急得不行，他看到安娜盯着他，已经流下了泪水。终于，安娜对他说道："丹尼尔，对不起！这都怪我，都怪我！"丹尼尔笑了笑，说道："其实，这不怪你！我陪你上山，并没有安好心，我是想让你死在这山上，因为我已经爱上了蒂芬妮！"

安娜听了大吃一惊，她明白了：丹尼尔真的是想让她死在这山上，他爬过这座山，明明知道很危险，却不阻止她爬山，反而陪她上山，不就是想让她死在这山上吗？到时候，他还可以把罪责推脱得一干二净。这时，丹尼尔又说："其实，刚才我并不是想真心扶你。我扶你的时候，打算把你推倒，让你滚下山去。可惜啊可惜，人算不如天算，最后，倒霉的人却是我自己！"安娜又是大吃一惊：好险！好阴险的丹尼尔！

安娜看了一眼丹尼尔，说道："那你就在这里等死吧！"然后，她独自下山去了。上山难，下山更难，一路上，安娜都想着报仇，丹尼尔罪有应得。那么蒂芬妮呢，安娜当然不会放过：她可是自己的情敌！一想到情敌，安娜就振奋。下山后，安娜找到蒂芬妮，把丹尼尔的噩耗告诉了她。安娜想，这个打击对于蒂芬妮，绝对够大。看着幸灾乐祸的安娜，蒂芬妮却拿出一封信来，对她说道："你好好看看吧！"

安娜接过信，那是丹尼尔的笔迹：亲爱的安娜，当你看到这封信的时候，说明你已经安全了。户外运动，固然刺激，但也万分惊险。有了你，我不想再寻求刺激了，可你却爱上了户外运动。我担心出意外，于是把这封信交给了蒂芬妮，让她充当一回你的情敌。我想当我遇到危险，你舍不得抛弃我的时候，或者当你遇到危险的时候，有了情敌，你才会独自迎向未来……还没看完信，安娜就用双手捂住了脸……

选自《晚报文萃》2015 年第 10 期

人们经常犯的错误是，把别人的爱误当成了报复的砝码。直到后来，才发现自己一直处在被爱的光环里。

教父亲认字

文/宋敏

> 父爱同母爱一样的无私，他不求回报。父爱是一种默默无闻，寓于无形之中的一种感情，只有用心的人才能体会。

> ——琼瑶

当我决定教父亲认字的时候，他早已年过半百，他时刻担心自己会因记性不好，而无法学会我所教授的知识。我轻拍他的肩膀，像他当年哄我睡觉一般安慰他说："爸，您别担心，其实认字是很简单的，只是写会稍微困难一点儿。"

我把新买的儿童看图识字放在他的床头，一遍又一遍地教他朗读声母韵母。在这座贫瘠的小镇里，他整整生活了五十年。五十年的地方口音，已经让他无法分清平舌翘舌，前鼻音和后鼻音。

他每念错一次，就会沉郁片刻，细细思索，口中喃喃地慢慢自我纠正。而后，欢喜地跑来念给我听，问我是否正确。

我心里难受极了，对于这类将一生都付诸于土地的中国父亲来说，晚年学习知识，无疑是一种痛苦的折磨。于是，有很多次，我板着脸告诉他，从此之后，再不让他认字了。我以为，他会因此而喜悦狂呼，如同厌学的孩子忽闻学校放假一般。

岂料，他竟因此郁郁寡欢，久食无味。母亲见他这般模样，只好又将我拉到屋中，再三嘱托。她说，父亲心里一直内疚着，这些天，几乎整夜失眠。他想，一定是因为自己过于笨拙，才会招致我放弃授学的工作。

我眼中瞬间泛起一片汪洋。经过小院的时候，我把新买的字典递给了父亲，并向他说明了其间种种。我之所以不愿教他，不过是想让他少受些磨难罢了。

他听出我的良苦用心，便忽然释怀，怔怔地问我："今天还能上课吗？"我点点头。他一个纵身从凳子上腾跃起来，跑进屋内，将他的看图识字取了出来。

我再没打断过他的进程，我知道，我唯一能做的，就是以万分耐心来对待他的一切提问。

教他使用字典查询所要写出的字词时，他经常因分不清平舌翘舌而找错甚至找不到需要的字。有几次，他翻得绝望了，竟撇开工具条，一页一页地翻着过去，细细寻看，一看便是一两个时辰。

母亲担心他这样下去会把眼睛弄坏，就请求我想想解决的办法。于是，我又花了几天时间，把他常用的字词罗列开来，注上声母韵母，并且标明所在字典的页码。

他如获至宝一般，将那张写满蝇头小字的信笺纸平平整整地贴在门后，早中晚各温习一次。母亲时常笑话他，说他比大学教授们还要用功。

四月，假期完毕，我再度回到湖南。临别前，父亲要走了我的联系地址，当时我并不明白他的真正用意。直到半月后，在湖南的信箱里收到一封笔迹拙劣的信件，才真正懂得他为何对学习如此百般刻苦。

信末，他写了一句玩笑式的结尾，这句原本该让我莞尔一笑的话，却让我失声痛哭起来。他说："儿子，这是爹这辈子写的第一封信，写得不错吧？请多多指教。"

他所有努力的原因，只是想亲手给我写一封简单的家书。

选自《今日文摘》2010 年第 19 期

你有没有思考过这样一个问题，一些人改变自己的举动，其实压根就不是为了自己，而是为了所爱的人。

原谅愚笨的爱

文 / 一路开花

母爱是多么强烈、自私、狂热地占据我们整个心灵的感情。

——邓肯

当我开始学着思考自己未来的时候，才发现他们和大多数的中国父母一样，早已帮我将人生的前 20 年都规划好了。他们希望我和那些叔叔阿姨一样，从小学一直优秀到大学，最后考研，衣锦还乡。

我时常不清楚自己的内心深处为何会涌出那么多的怨愤，我的人生和前途，我的爱好，甚至我的自由，为什么全部都要由他们来安排妥当，难道，我自己就不能掌控这一切吗？

为了能和熟识的邻居孩子相比，他们时常逼迫着我学习，并在背后不时地念叨，读书才是唯一的出路。于是，我开始在想，三百六十行，行行出状元的话错了吗？

棍棒底下出人才的理念终究是有效的，至少，它让成绩一般的我安稳地上了高中。可令我疑惑不解的是，他们曾说的上了高中以后就会清闲很多，为何我还是要那么忙碌？从早到晚的课程没个休止，并且，他们的念叨亦随之有增无减。

终于熬过了高一。我被数理化折磨得差不多有点儿神经了，于是我毅然不顾他们的反对，执意选择了文科。他们开始对我说近年的国家政策，就业大局，不停地向我阐述，文科的前景是多么凄惨，渺茫。而我内心在想，社会的日新月异，难道就不会变动吗？甚至，我会把一个词联想到他们身上，那就是愚笨。他们只会跟着别人所说的路走，却不曾想过每个人都有着自身的差异性。

最后，他们开始向我妥协，可这样的妥协并非是支持我，而是打击我。他们时常会用以前跟我一起，成绩跟我差不多，而最后选择了理科的同学来和我比较，并不停地问，为什么他能学好，我就不能学好。此时，我心里在想，为什么他的父母就那么好，而我的父母却让我一点自由都找寻不到？

怀着报复的情绪，我开始厌学，我想反对他们的"霸权主义"。16 岁的我忽然懂得了此消彼长的道理，我必须做出反抗。并且，我已不想再继续这样的枯燥学习生活，我想到外面流浪，闯出自己的一片天地。

于是，他们开始跟我强调，社会是多么复杂，我出去能做什么。我内心在想，我是不能做什么，可至少，能比现在做得多。

这一仗，还是我落败了，而他们，最终得出了一个结论——我是一个不听话的孩子，让我混完这几年算了。我难以描述我内心的绝望，为何，连我亲生父母都不相信我的能力。

我开始没日没夜地读书，像一个机器，没有任何长远的目的。我只是单纯地想要证明，我不比愚笨的他们口中所说的某某同学差劲。

皇天不负有心人，当我在无数个挥汗如雨的日夜备战后，终于拿到了一张他们日日提及的大学录取通知书。那一刻，我没有半点喜悦，全然只是复仇的快感。我的付出终于有了收获，这也是能呈献给愚笨者的最好"礼物"。

他们为我做了一桌极其丰盛的晚宴，邀请了许多朋友和亲戚。那一刻，我感觉自己成了主角，因为在场的每一个人都意想不到会是这样的结局。亲戚都在无休止地夸我，而他们却微笑着聆听，安静地给我夹菜。我再也吃不下去了，因为我分明看到了他们已现皱纹的眼角上挂满了泪水。

优秀毕业生发言大会上，我忽然不知道该说点什么，莫名其妙地感谢着我原本痛恨的愚笨的他们。他们此时安静地坐在台下，同样微笑着凝望我，一边抹泪，一边为我大声鼓掌。

我不清楚，一向最讨厌泪水的自己为何会在那么多人面前哭了。尤其是在老师将愚笨的他们请上台后，我才发现，不知不觉我已高出了他们一大截儿。

他们依旧是如此愚笨。在那么多人面前，不懂得要面子，硬是让泪水像小溪一般恣意流淌，惹得我哽咽难言。

可那一刻我知道了，他们的愚笨，是在于他们毫不会掩饰自己心中那分过于严厉的恨铁不成钢的疼爱，是在于他们不懂得如何让那一分沉重的爱转个弯，轻柔地落在我们十几岁的心底。

原谅愚笨的他们吧，因为，那是爱。

选自《语文周报》2014 年第 16 期

父母的爱我们永远不会理解，孩子的世界父母也永远不会懂。但这不能阻止他们减少一丝对我们的爱，即便方式是我们不能接受的，方法是愚笨的。

父爱的奇迹

文 / 季锦

> 超越自然的奇迹，总是在对厄运的征服中出现的。
>
> ——培根

　　她原本是一位美丽健康的女孩儿，更是备受父母宠爱的独生女，大学毕业后又有了一份很体面的工作，在所有人看来，她都是一个幸运儿。然而，八年前的一场意外车祸，却把她从幸运儿变成了高位截瘫的残疾人。

　　面对这场突如其来的横祸，她一度失去了生存的勇气，多次想以结束生命的方式结束一切痛苦。然而，因为是高位截瘫，她除了头能够来回摆动外，其他的任何部位都没有丝毫知觉，也就是说，她连自杀的能力都没有。

　　医生告诉她的家人，她这辈子都不可能再站起来了，甚至可能连床都下不了。医生残酷的宣告并没有摧垮她的父亲，在短暂的悲痛之后，父亲擦干了眼泪，开始四处打听治疗高位截瘫的方法。他说，只要自己还有一口气在，就要想尽一切办法让女儿重新站起来。

　　然而，这个连医学都很难创造的奇迹，对于一个没有一点医疗知识的农民来说，又谈何容易？可倔强的父亲却不管这些，他说只要他与女儿不放弃，就坚信一定会有奇迹。

　　为了防止她肌肉萎缩和生褥疮，父母每间隔两个小时就会给她做一次全身按摩，不分白天黑夜。八个月后，第一个奇迹真的出现了，她的胳膊居然能抬起来了。这样的一个惊喜不但让她和父母看到了希望，也更坚定了他们做康复治疗的信心。

后来，父亲听说磁疗针可以刺激神经，便买回来一张穴位图和磁针，每天对着穴位图往自己的身上扎针。直到找对了穴位，确定安全后，才会把针扎在女儿身上。那时，每当看到父亲胳膊上青一块紫一块，她都心疼得直掉眼泪。在磁疗针的不断刺激下，她渐渐地恢复了部分知觉。

在她的双臂可以自由活动后，父亲又让她练习做拉力环，刚开始尝试着做拉力环时，她一个也做不了。因为长时间的卧床，她的身体已经习惯了躺着供血，当她试图借助拉力环坐起来时，哪怕稍微地抬高一下头部，都会感觉头昏眼花，甚至多次休克。可为了能够实现坐起来的梦想，她在父亲的不断鼓励下，一直坚持不懈地练习。

最终，她从每天做一个、两个、三个……直到以后的每天至少做150个！除此以外，父亲还要求她每天做举哑铃运动，借以达到增强臂力的效果。而这样几近魔鬼式的训练，她每天都要坚持八个小时以上。

在父亲和她的共同努力下，她创造了一个又一个奇迹，从开始必须借助拉力环才能坐起来，到后来可以在床上自由地躺下、坐起，甚至自由地翻身，她的每一个自我突破，都会令父母欣喜不已。

再后来，她在父亲的搀扶下，居然真的能够站起来了，那一刻，全家人相拥在一起，喜极而泣。为了锻炼她持久的站立，父亲还自己摸索着为她做了一个站立架。从那天起，她每天由父亲扶着帮她站起来，随后在固定着身体的站立架里独自站立一个多小时。如今，这样的锻炼已成了她每天的必修课。

在做康复训练的同时，她还用自己并不能自由活动的手学会了打字。如今的她不但是一家网站编辑，还用了整整三年的时间，写下了一部自传体小说。她说她现在最大的心愿，就是能够找到一家愿意帮她出书的出版社，她希望通过自己的故事，帮助更多像她一样不幸的人树立信心。

当别人问她，是什么样的力量，能让她这个被医学宣告只能一辈子卧床的女孩儿重新站起来时，她流着泪说："那是因为我有一个好爸爸，是爸爸不弃不离的爱和坚持，才成就了今天的我。如果说这是个奇迹的话，那也是父爱的奇迹！"

选自《考试报》2012 年第 33 期

　　世界上再没有比父母的爱更神奇的了，父母的爱可以将悲痛化为力量，将厄运变成奇迹。

最是那含着泪水的微笑

文 / 李红都

不害怕痛苦的人是坚强的，不害怕死亡的人更坚强。

——迪亚娜夫人

一

在众人眼里，她是比较幸运的那一类听障人士。

父亲经商，母亲是大学教师，优越的家景，让她得以在康复路上始终有实力走在听障群体的最前沿。当很多听障者还在抱怨 4 通道的助听器价格已超过 5000 元时，她已在父母的帮助下，配上了 24 个通道的数字机。

她身材高挑、长相清秀，飘逸的长发垂在耳后，恰到好处地盖住架在耳后的助听器，让她看起来和身边那些优秀的健全同学毫无差异。

戴上助听器的她不仅当面与人交流对答如流，还能像常人那样轻松地接听电话，并且能跟着音乐唱歌、跳舞，甚至她还很勇敢地参加各类演讲比赛和诗歌朗诵活动。尽管有些听障人也有条件配戴那种高档数字助听器，然而却很少有人能达到她那么理想的康复状态。

因为听力康复状况好，她像健全人一样上完高中，顺利考上大学。毕业后又应聘到一家事业单位，做上了喜欢的文案工作。和她交谈，常常顺畅得令人忘记她是一位听障人士。

　　　　　— 和青春里的那些委屈握手言和 —

那天，我和朋友去拜访她，寒暄中，我很明显地感觉到和她的交流没有以往那么通畅了。很多话都需要重复说几遍，她才明白我们的意思。

我们一问才明白，她刚换了一副助听器耳塞，新耳塞与耳道不般配。为了听得清楚一些，她只好把耳塞硬往耳道里推，弄得耳道的皮肤都磨破了。疼得受不了，她只好暂时把助听器摘了下来。

话归正题，我们交流更显困难，有句话，我一连重复了三遍，她还没听懂。见我有点急了，她转身从抽屉里掏出放在干燥盒里的助听器，慢慢地对准耳道戴好后，这才听懂我的话。

看到她佩戴过程中疼痛的表情，我小心翼翼地问："痛得厉害吧？"她点点头，说："嗯，挺痛的，不过没事，过两天伤口结痂了，就好了。"

说这话的时候，她一副轻描淡写的模样，甚至脸上还带着笑，仿佛在说与她无关的事似的。但我分明看到在她的眼眶里，隐着一层很薄的水雾。

二

我认识一位从膝盖以下截去双下肢的残疾男人，他在残联维权科做信访工作。他不仅维权工作做得好，还是市残疾人轮椅篮球队的主力队员，曾多次和他的肢残人队友们在市级以上的残疾人篮球比赛中获取奖项。

据说，从小就长胳膊、长腿的他，在球类和田径项目上颇有天分，如果不是幼年时期的那场灾难，他可能会长成身高超过两米的体育明星。

但命运总是有太多难以预测的灾难，对他来说，那真是一段噩梦般痛苦的记忆——8岁那年，他和小伙伴们在铁路边推铁环玩。那天，他推着推着，不小心把爸爸刚给他做好的铁环滚到火车轨道的另一边。

他下意识地跑过去，想把滚到对面的铁环捡回来，待他拾起铁环站起身来准备跨过铁轨时，灾难发生了。呼啸的火车，夹着一阵凉风，迎面而来。未待他反应过来，飞驰的火车就带倒了他。接着，沉重的车轮毫不留情地从他双腿上碾过……一阵剧痛过后，他昏迷过去。

小伙伴们哭泣着拉来各自的家长，飞速送他到医院抢救，然而为时已晚——他的命保住了，却没能保住修长的双腿。为了防止感染扩大，他的父母只好听从医生的建议，同意医生截去他双膝以下的部位……从此，他再也不能下地行走，直到成年后在残联康复中心安装了假肢。

见到他的那天，他正在办公室内接待一位到残联寻求法律援助的肢残男子。那人三十多岁的模样，挂着拐，满面愁容地诉说着自己的烦恼和纠纷，他坐在办公桌后耐心地解答疑问、开导男人。最后，那人终于展开了紧皱的眉头，站起来，和他握手道别，他微笑着送那人走出门外。

他走得比常人慢，步伐也有些蹒跚，等他送走了残友，重新回到办公室后，我忍不住地问他："假肢磨腿吗？痛不痛？"他点点头："有一点吧，走得近，没事。"

我又问："那走得远了，会痛得厉害吗？"他的眼睛有些湿润了，下意识地抬起手背抹了一下，这才抬着笑道："当然会，不过没关系，我能忍得住。"谈话中，他的脸上始终挂着微笑，而他眼眶里泛起的那层薄雾，却如冷秋的雨水，一点点地打湿了我的心灵。

三

认识一位命运多舛的女子，她叫赵玉丹。为了给患有肝硬化的丈夫凑足医疗费，几年来，她不分昼夜地打零工，一点点地赚着给丈夫打针吃药的钱。

但是打工占去的时间太多了，一忙就顾不上去医院照顾生病的丈夫和独自在家的年幼的女儿。一位好心人想帮她一把，就手把手地教她学会了做烤面筋。这样，她就能在照顾好丈夫饮食起居的前提下，抽空带着年幼的女儿在医院不远的公园门口叫卖烤面筋。

最初，她一天只能赚 30 多元，眼瞅着丈夫每月医药费就得两三千元，救夫心急的她便在摊前摆了个牌子，上面写着：亲爱的顾客，我的烤面筋可以比别人的贵五毛钱吗？因为我的老公重病在医院，我实在想不出什么办法来救他！谢谢你多付的 5 毛钱，祝你平安！

她将烤好的面筋分为两堆，一堆和别的摊位一样，按市场价出售，每串 1 元，另一堆则是爱心价，每串 1.5 元。

一位残疾女士坐着轮椅过来了，不要烤面筋，直接塞给她 10 块钱，接着又有人硬往她口袋里塞了 100 元。围观的人越来越多，显然都被她感动了，大家你 10 块、我 20 地递给她钱，只象征性地拿走一两串烤面筋。甚至，当她生意忙不过来的时候，还有位热心的中年妇女主动站在她身边，帮她烤起面筋来……

很快，热心的晚报记者也来了，用饱含激情的报道，将她卖面筋背后的故事宣传了出去。知道此事的人越来越多，一时间，全城掀起了吃烤面筋的热潮。很多人大老远地赶到她的摊位，不为别的，只为有个合适的理由，给她送一份绵薄的爱心，支持这位在苦难中微笑的坚强女子，带给她一份战胜人生寒流的温暖和渡过眼前难关的力量。

那天，当我路过她的摊位时，她正像往常一样站在烟熏火燎的简陋烤箱边，仔细地烤着手中的面筋，眼里盈着晶莹的泪水，脸上却挂着灿烂的微笑。没有叫卖的喧哗，没有客套的招揽，到她摊位上购买面筋的人却络绎不绝……

见过很多流泪和微笑的情景，有失去亲人时那悲痛欲绝的泪水，有天灾人祸面前无助的泪水，有感慨生活艰难时那辛酸的泪水；也见过很多笑脸，有得意之时兴奋的笑，有金榜题名时喜悦的笑，有受人帮助时感激的笑，也有见面问候时礼节性的笑。

最难忘记的就是那些眼里含着泪水，脸上却挂着微笑的面容。每次看到这样的面容，我就如同看见一位失去双腿的残疾勇士，正忍着假肢和残肢磨擦的剧痛，挥着汗水向前奔跑……令人于肃然起敬之中备受鼓舞，别有一番感动在其中。

因为我知道，这种含着泪水的微笑，是以冷静、理智的心态做醪糟酿制而出的琼浆，所有的忧伤和悲痛都已在苦难的坛子里静静发酵。而从坛子里飘出的，全是令人心动的醉人芬芳。

选自《语文报》2012 年第 32 期

有人说，强者不是没有眼泪，而是含着泪水依然还在奔跑。我们每个人都要做这样的强者，面对生活的残酷，永不屈服。

山里人坐出租车

文 / 管笛琴

> 对人以诚信，人不欺我；对事以诚信，事无不成。
>
> ——冯玉祥

母亲是嫁到大山深处的，于是我就出生在那个出门就要爬山的地方。那里没有出租车，即使有出租车也是摆设，主要是没路跑。即使有路跑，山里人也舍不得花钱坐出租车。

母亲原先是城里人，坐过出租车。她常常告诫我要好好学习，将来考上大学就到城里去，城里有出租车，你想去哪里，出租车司机就会把你送到哪里。

我常常想："出租车是啥，那么厉害？我一定要考到城里去，看看出租车，坐坐出租车。"有时累得不想学习的时候，我就想起母亲说的话，于是就拼命地学习。

可是，天有不测风云，高三了，学习越来越紧张，我却全身没有力气，爬不了山路，上不了学了。山里的医生说他们没有见过这样的病，还是到大城市去看看吧。这下急坏了母亲，于是母亲只好带我到城里去看病。

到了城里，眼前的一切让我眼花缭乱。高高的楼房，大大小小的广告牌，满大街跑的都是车。我说我要坐出租车，母亲看着我迟疑了一下，又站在路边，把手一招，一辆小车停在我们身旁。那司机从车窗里探出头来，问去哪里。母亲说："医院。"司机说："上车吧。"

上车后司机问："打不打表？""打表，打什么表？我没有戴表。"那司机回过头来看了母亲和我一眼，我赶紧说："我妈妈也没有戴表。"那司机哈哈地笑起来，母亲说："师傅，孩子不懂事，你随便吧。"

我正纳闷母亲的话，那司机又说："看样子你们是看病去的。算了，我不打表了，给你们便宜点。"这下我明白了，这个打表与钱有关。于是，我不好意思地把目光移到窗外，再不敢多说话了。到了目的地，母亲问多少钱，司机说："26元。"母亲边掏钱边说谢谢，我吓了一跳，心想："26元钱母亲要掐多少盘草编才能挣来？这城里的出租车也太贵了呀！"

去医院做了检查，开了药，医生让两个月后去复诊。

两个月后，正是农忙季节，母亲走不开。我病情好转了，自己能走动了，我说自己能行。母亲千叮咛万嘱咐，说找不到路就坐出租车，出租车司机哪里都熟悉。

到了城里，车水马龙的，我担心自己口袋里装的看病的钱丢了或被偷了，想快快到医院去。于是，我学着母亲的样子，在路边把手一招，一辆出租车就停在我身边。

上车后司机问："打不打表？"这回我多了个心眼，于是问："打表与不打表有什么区别？"司机说："不打表看情况给；打表嘛，按实际里程计费。"我赶快说："那打表吧。"

一路上，司机边开车边和我聊天，很亲切的样子，问了我很多问题，我也都如实说了自己的情况。

最后到了目的地，我问："多少钱？"司机指着计价器，上面显示15元。我对司机说："上次来的时候坐车没打表，我们花了26块钱呢！"

司机说："姑娘，出租车司机看山里人实在，就含含糊糊不给他们打表，想多收几块钱，你还真是多年来第一个让我打表的山里人。你的病一定会好，你肯定能考上大学！"

这是多年前发生在我身上的一件事情，如今，我们山里村村通了公路，也有了出租车，山里人坐车照样不会主动让司机打表。不只因为他们实在，而是开出租的也是山里人，收多少钱，在坐车与开车人的心里都有一杆秤。

选自《语文周报》2012 年第 22 期

　　天地之间有杆秤。城乡差距逐渐缩小的今天，是人民生活水平提高的表现。

花的话

文 / 宗璞

奉献乃生活的真正意义。

——阿德勒

　　春天来了，几阵清风，数番微雨，洗去了冬日的沉重。大地透出了嫩绿的颜色，花儿们也陆续开放了。若按照严格的花时来说，它们可能彼此见不着面，但是在既非真实，也非虚妄的园中，它们聚集在一起了。

　　不同的红，不同的黄，以及洁白，浅紫，颜色绚丽；繁复新巧的，纤薄单弱的，式样各出新裁。各色各式的花朵在园中铺展开一片锦绣。

　　花儿们带着新奇的心情望着周围的一切，慢慢地舒展着花瓣，从一个个小小的红苞开成一朵朵鲜丽的花。她们彼此学习着怎样斜倚在枝头，怎样颤动着花蕊，怎样散发出各种各样清雅的、浓郁的、幽甜的芳香，给世界更添几分优美。

　　开着开着，花儿们看惯了春天的世界，觉得也不过是如此，渐渐地都觉得自己十分重要，自己正是这美好世界中最美好的。

　　一个夜晚，明月初上，清幽的月光缓缓流进花丛深处。花儿们呼吸着夜晚的清新空气，都想谈谈心里话。榆叶梅是个急性子，她首先开口道："春天的花园里，就数我最惹人注意了。你们没听人们说过吗？远望着，我简直像朵朵红云，飘在花园的背景上。"

　　大家一听，她竟然把别人当成了背景，都有点发愣。玫瑰花听她这么不谦虚很生气，马上提醒她："你虽然开得茂盛，也不过是个极普通的品种，要取得突出的位置，还得出身名门。玫瑰是珍贵的品种，这是人所共知的。"

她说着，骄傲地昂起头。真的，她那鲜红的、密密层层的花瓣，组成一朵朵异常娇艳的不太大也不太小的花，真叫人忍不住想去摸一摸，嗅一嗅。

"要说出身名门，还得是我们芍药。"芍药端庄地颔首微笑。当然，大家都知道芍药自古有花相之名，其高贵自不必说，不过这种门第观念，花儿们也都知道是过时了。

不知谁轻轻嘟囔了一句："还讲什么门第，这是十八世纪的话题。"

"花要开得好，还要开得早！"已经将残的桃花把话题转了开去，"我是冒着春寒开花的，在这北方的没有梅花的花园里，我开得最早，是带头的。可是那些耍笔杆儿的，光赞美松啊，竹啊，说他们怎样坚贞怎样高洁，就没人看到我这种突出的品质吗？"

"我开花也很早，不过比你稍后几天，我的花色也很美呀！"说话的是杏花。迎春花连忙插话道："论美丽，实在没法子比。有人喜欢这个，有人喜欢那个，难说，难说。倒是从用途来讲，整个花园里，只有我和芍药姐姐能做药材，治病养人。"

她得意地摆动着柔长的枝条，一长串的小黄花都在微笑。

玫瑰花略侧一侧她那娇红的脸，轻轻笑道："你知道玫瑰油的贵重吧？玫瑰花瓣儿，用途也很多呢。"

白丁香正在半开，满树如同洒了微霜。她是不大爱说话的，这时也被这番谈话吸引了，慢慢地说："花么，当然要比美，依我看，颜色态度，既清雅而又高贵，谁都比不上玉兰，她贵而不俗，雅而不酸，这样白，这样美——"丁香慢吞吞地想着适当的措词，微风一过，摇动着她的小花，散发出一阵阵幽香。

盛开的玉兰也矜持地开口了。她的花朵大，显得十分凝重；颜色白，显得十分清丽，又从高处向下说话，自然而然便有一种屈尊纡贵的神气。"丁香花真像许多小小的银星，她也许不是最美的花，但她一定是最迷人的花。"

她的口气是这样有把握，大家一时都想不出话来说。

忽然间，花园的角门开了，一个小男孩飞跑了进来。

他没有看那月光下的万紫千红，却一直跑到松树背后一个不受人注意的墙角，在那如茵的绿草中间采摘着野生的二月兰。

那些浅紫色的二月兰，是那样矮小，那样默默无闻。

她们从没有想到自己有什么特殊招人喜爱的地方，只是默默地尽自己微薄的力量，给世界添加点滴的欢乐。

小男孩预备把这一束小花插在墨水瓶里，送给他敬爱的、终日辛勤劳碌的老师，老师一定会从那充满着幻想的颜色里看出他的心意的。

月儿行到中天，花园里始终没有谁再开始说话，花儿们沉默着，不知怎么，都有点不好意思。

选自《家庭文化》2014 年第 4 期

> 点燃蜡烛照亮他人者，也不会给自己带来黑暗。与其在嘴上卖弄学识，鼓吹自己如何伟大，倒不如脚踏实地地去甘心奉献，这才真正会被人们所尊重。

玲珑心伤不起

刚满周岁的你当然不会吹蜡烛，妈妈替你吹灭；刚满周岁的你当然不会许愿，妈妈闭上眼睛，默默许下一个愿：恬宝，一年前的今天，你与妈妈的身体分离，但从此，我们的心就永远在一起。你与你的芮姐姐，就成为妈妈生命里最珍贵的两个宝贝，你们是上天赐给妈妈最珍贵的礼物！

热心肠的"葛朗台"

文 / 龙岩阿泰

> 每有患急，先人后己。
>
> ——陈寿《三国志·蜀志》

孙坚小气，他口袋捂得紧，想让他请次客，那简直是做梦，大家都在背后叫他"葛朗台"。

孙坚不请别人，也拒绝别人请他，在班上，没什么人缘。就连送生日礼物，孙坚也是坚持自己动手，写幅字画，或是制作张卡片。哪像我们，就算勒紧裤腰带，也要省下早餐钱，为同学送上一份像样的礼物。

"孙坚实在是吝啬，我的生日，他居然就送我一张他自己的照片，难不成他是什么大明星？真是比'葛朗台'还小气。"在班上和孙坚关系最好的余力都这样评价他后，"葛朗台"就成了孙坚的代号。

"'葛朗台'这次被骗了，如果他知道真相，该多伤心，那可是他一个星期的零花钱呀。"早上一进教室，余力就跑过来找我。

"什么事呀？孙坚被谁骗了？"我好奇地问余力。

"我上学时又在车站附近看见那对抱孩子的夫妻了，还说什么寻亲不遇，工作没找到，全是骗人的。"余力说。

我记起几天前在放学回家的路上，我们遇见了一对夫妻。他们当时一脸憔悴，风尘仆仆，背着大大的行囊，那女的手里还抱着一个嗷嗷待哺的孩子。

他们拦住我们时，我吓了一跳。听父母说过很多骗子的故事，见到陌生人拦下我们，我本能地就想赶紧离开。可是孙坚没走，我和余力只好一起留下来。

我警觉地望着那对夫妻，隔开两三步的距离，只有孙坚傻乎乎地靠他们很近。那对夫妻说他们从外地来，寻亲不遇，找工作又没着落，钱也被小偷偷走了……现在孩子很饿，求我们帮孩子买瓶牛奶。

我望了眼恹恹欲睡、无精打采的孩子，心里疑惑：孩子是他们的吗？

"走吧，骗人的！真有困难找警察去，我们是学生，帮不上忙。"余力直截了当地拒绝他们的请求，推起我和孙坚要走。

"求求你们，行行好，孩子真的饿了。"那女子耷拉着眼皮。

在那节骨眼上，孩子突然"哇哇"大哭起来。

我有点自责，如果我平时省着点花，是可以帮孩子买瓶牛奶的。我把目光转向余力，他无奈地耸耸肩，对我露出爱莫能助的表情。

"我有一百元钱，都给你们吧，孩子饿了，你们先帮孩子弄点吃的。"孙坚在我和余力诧异的目光中，很爽快地把钱递给那女人。

余力想拦，但没拦住。

"谢谢你！我们只要筹够回家的车费，就会回老家去。"夫妻俩一个劲地感谢。

"孙坚，你也太大方了吧？"余力愤懑地说，我知道，他还耿耿于怀生日礼物的事。

走远后，余力仍在喋喋不休地嘀咕，说孙坚不够意思……

"这孙坚平时那么小气，被人骗时倒是大方，一整张呀，可以买多少冰淇淋，他全给了，拦都拦不住！"在我陷入回忆时，余力还在讲得口沫横飞，完了又深深叹口气，一脸恨铁不成钢的惋惜表情。

"那对夫妻没回家吗？那孩子呢？他们不是说筹够车票钱就回去吗？"我急切地问。

余力还来不及回答，孙坚就进教室了，见他进来，我和余力同时闭嘴。

见我们神情古怪，孙坚忙追问我们在聊什么。

"没聊什么呀。"我敷衍他。

"不对吧？我一进来，你们就不说了，是不是说我坏话呀？"孙坚笑着问。

"就是说你，怎么了？说你笨，说你被那对夫妻骗了，还以为自己是大善人。"余力愤愤地说，一句话也不藏着。

孙坚马上明白我们说的事，他不假思索地说："他们不可能骗人的。"

"信不信由你，放学后我们一起去看看，你就知道了。"余力说。

一放学，余力就拉着孙坚和我去了车站。

"或许他们真有困难吧。"路上，孙坚还在替那对夫妻解释。

"就你博爱，被人骗了还不承认。"余力忍不住挖苦孙坚。

走到车站附近，远远的，那对一脸风尘的夫妻正拦着两个老奶奶声泪俱下地诉说。

"看看，他们又在骗钱了。"余力一脸愤然。

"或许他们的路费还不够吧。"孙坚说。

"葛朗台，到这时你还不相信？"余力愤怒了。

"我只希望他们能对那孩子好一点，我想帮的，是那孩子。"孙坚说，他的脸上呈现出一种让人捉摸不透的表情，黯然的，带着忧伤。

孙坚没有跑去质问那对夫妻，而是报了警，他说："让警察去处理吧，如果他们真有困难，警察比我们有办法；如果他们真骗人，警察会处罚他们的。"

孙坚拉着我和余力离开时，我无意中注意到他的眼眶濡湿了。

在我的追问下，孙坚说了一件让我和余力都非常震惊的事。

原来孙坚有个哥哥，两岁多时被人抱走了，他的父母变卖家产找了几年都没有结果，后来在亲人的劝说下，才又生下孙坚。

"我只希望，别人能对哥哥好。我不知道，在陌生的人群中，会不会有一个人，就是我失散多年的哥哥……"孙坚说。

我突然想起，孙坚经常到孤儿院去做义工。我跟他去过几次，每次他都会给那里的小朋友带去礼物。孙坚说，那是一群被遗忘的天使，我们不帮他们，谁帮呢？

原来，吝啬的"葛朗台"却是个热心肠。

选自《第二课堂·初中版》2014 年第 4 期

我们总是误解别人，只因为别人与众不同，觉得他跟自己格格不入，可是最后总是以惭愧收场。

塞班岛的救赎

文 / 李良旭

既然有人把我从深渊中拉出，我为何还要跌进去？

——佚名

塞班岛是位于太平洋和菲律宾海之间的一个小岛，得天独厚的地理环境，使得塞班岛就像是镶嵌在蔚蓝色海洋上的一颗明珠，水天一色，熠熠生辉。这里有晶莹剔透的海水，银白色的沙滩和色彩斑斓的珊瑚礁。塞班岛，被誉为"旅游者的天堂。"

塞班岛纽卡约大街有一家超市，每天来这家超市购物的主要是来这里旅游的外国游客和当地的居民。超市里除了生活日用品，还出售当地出产的旅游纪念品，生意十分兴隆。

一天，住在这家超市不远地方的12岁小姑娘珍妮来到这家超市。珍妮是一个非常美丽、可爱的小姑娘，金黄色的头发，像瀑布似的披散开来，一双琥珀色的眼睛，像蓝色的海洋清澈透明。在学校里，珍妮还是学校文艺团的小演员，她常常在舞台上表演精彩的节目，同学们都喜欢看她的表演，称她是"塞班岛的花蝴蝶。"

可是，珍妮家经济条件不太好，她生活在一个单亲家庭里，母亲是塞班岛的一名导游，每天带着游客往返于塞班岛与吉利奥岛之间，常常不能

— 和青春里的那些委屈握手言和 —

回家。珍妮一个人还要带着一个 7 岁的小妹妹，小小年纪，她就很懂事，为了减轻妈妈的负担，她会做很多事，像个大人似的。

学校开学了，珍妮又要表演节目了。她很想买一支口琴，那口琴能吹出动听的音乐，班上的黛丝就有好几支这样的口琴。每次学校表演文艺节目，她都会登台拿出几支不同的口琴，吹起美妙的歌曲，那歌曲像百灵鸟一样动听、婉转。她想，如果自己也有一支那样的口琴，也一定能吹奏出美妙的音乐，她一定就是一只真正的"塞班岛的花蝴蝶"了。

这口琴在纽卡约大街超市里就有卖的，她已经看过很多次了，只要 15 美元。可是，令她难过的是，在她眼里，这支口琴太贵了，她根本舍不得买。她常常带着妹妹到超市里玩，总是喜欢走到摆放那口琴的地方，她将口琴拿在手里，轻轻摩挲着，眼睛里流露出深深的渴望与希冀。

妹妹看见了，天真地说道："姐姐，你要是喜欢就买一支吧！"

珍妮用手轻轻抚摸着妹妹柔软的秀发，摇了摇头，将口琴又放到货架上。妹妹抬起头，忽然看到姐姐眼睛里不知为什么有一丝闪闪发亮的泪花。

有一次，珍妮看到一个和她一般大的女孩子，看到这支口琴，欢喜不已。她母亲看到女儿喜欢，就毫不犹豫地给女儿买了一支。望着她们母女俩离开的背影，珍妮站在那儿，一动不动，久久凝视着，她咬了咬嘴唇，大脑好像在激烈地思考着什么。

这天晚饭后，珍妮让妹妹在家待上一会儿，她出去一会儿就回来。看着珍妮急匆匆的背影，妹妹喊了一声："姐姐快点回来啊，你还要教我唱歌呢！"

珍妮一个人来到超市，她径直走到摆放口琴的地方。她将口琴拿在手里，她感到自己的心脏跳得很快，手心里还有细细的汗渍。她四下看了看，发现今晚顾客很多，熙熙攘攘，人们都在专心致志地选购商品。

珍妮将口琴紧紧地拿在手心里，她感到紧张的心都要跳出来，这个念头在心里想了很长时间了，当终于要付诸行动时，她还是感到紧张得要命。她四下看了看，发现人们都在选购商品，没有人注意到她，她心里好受了些。她将手中的口琴慢慢地塞进口袋里，向超市出口处走去。

近了、近了，她已经看到超市门外的椰子树了，听到了海浪拍打沙滩发出的沙沙声响。只要再跨出几步，那支口琴就属于自己了。珍妮心脏简直要跳出嗓子了，可她迈步刚跨越门口，门口的报警器突然就响了。

那突如其来的警报器声响，引起许多顾客注意，人们纷纷向珍妮这边看来。珍妮大脑一片空白，她的腿僵硬了，再也迈不开步子了。

这时，一个女营业员走了过来，她对珍妮说道："小姑娘，你看下口袋里是不是装了什么东西没有付款？"

珍妮下意识地从口袋里掏出了那支口琴，营业员见了，脸一下子变得严肃起来，她严厉地说道："按照超市规定，拿了东西不付款，要按十倍的比例罚款。"

珍妮痛苦地将眼睛闭上，心里在默默念叨，我该怎么办？

许多顾客也围绕上来，有的人在指指点点，有的人在窃窃私语……那一刻，珍妮感到时间凝固了，自己的心都碎了。

就在这时，只听到一个深沉的声音在威严地训斥道："玛丽亚小姐，你说话怎么这么没有礼貌，这是我的孙女。她跟我说了，她要来买一支口琴，我也对她说了，这支口琴钱由我来付。"

"什么？卡拉奇先生，这是您的孙女，真的对不起？"

珍妮睁眼一看，只见是一位头发花白，面目慈祥的老人，他正在训斥女营业员刚才的粗暴和无礼。女营业员见了这位老人，窘迫极了，她连连赔着不是。

老人走到珍妮面前，将她掌心上的那支口琴握紧，笑眯眯地说道："孩子，刚才都怪我，我把这事给忘了。如果我先把这 15 美元付了，就不会弄出这个笑话了。好啦，没事了，快回去吧！"老人说罢，轻轻地抚摸着珍妮的头，将她转过身，送她出了门。

一阵海风吹来，珍妮感到眼睛湿漉漉的，她勇敢地抬起头，轻轻地对老人说道："卡拉奇先生，我会还你 15 美元的！"

老人笑呵呵地目送着珍妮远去，惊险一幕总算过去了，可珍妮心中一直忐忑不安。她想，那位老人是谁呢？他为什么要帮我？他将我从地狱一下子拉到了天堂。

过了几天，珍妮怀里揣着 15 美元又来到超市，她想找到那个叫卡拉奇的老人，她要将 15 美元还给他。可是来了好多次，也没有见到那个老人。

一天，珍妮看到超市门口有一个慈善箱，慈善箱上有一行字：这个世界上，总有一些人生活得不如意。献上一份善意，会给生活在底层的人，带来一份希望和勇气。

珍妮久久地回味着这句话，心里荡漾起一缕暖融融的感觉。她走到慈善箱前，将手中的 15 美元，郑重地投了进去……

一晃，又一晃，珍妮长大了。她从音乐学院毕业后，成了一名口琴演奏员，她常常向人们吹奏起那支口琴。声音悠扬、婉转，在人们心里久久回荡着……同时，她还是一名热爱慈善事业的公益员。

她在向人们宣传慈善事业时，常常讲起自己小时候的一个故事。她说，是那个叫卡拉奇的老人，教会了我一个人应该有爱心。卡拉奇老人不仅救赎了一个孩子的心灵，也使那个孩子走出了阴影，像千千万万个孩子一样，健康地成长起来。塞班岛，永远是人间天堂。

这个塞班岛救赎的故事，传遍了塞班岛的每一个乡村渔港。如果你来到塞班岛旅游，纯朴、热情的塞班岛人，一定会给你讲起那个塞班岛救赎的故事。这个故事，在人们心里荡起绵绵不绝的回味和感动。

是的，有一种救赎，润物无声，但它却在人们的心田里，燃烧起永不熄灭的火焰，照亮了每一个人的心灵。

选自《情感读本·道德篇》2014 年第 3 期

　　这个故事是温暖的，在一个人开始犯错的时候，用无声的爱去化解，这无异于给孩子上了最宝贵的一课。她一定会学会怎么去做一个光明的人。

一张 VIP 卡

文 / 怜子

> 画龙画虎难画骨，知人知面不知心。
>
> ——蒲松龄

　　那年春节前夕，叔叔和几个朋友开了一家宾馆。开业前，他特地给我家送来一张刚做好的黄金 VIP 卡，也邀请我们全家去参加他们的开业典礼。

　　在开业仪式上，叔叔骄傲地向人们介绍了他的哥哥我的父亲，那时候父亲正和几个朋友合伙开着一家粘土矿，正值火爆。人们都在羡慕他们兄弟俩：哥哥有那么好的弟弟，弟弟有那么好的哥哥。

　　那年夏天我要参加高考，考前一个月，叔叔就在宾馆准备了一间套房专门供我复习和休息用，直到高考结束。那时候我们家庭聚餐或者是父亲矿上的应酬都在叔叔的宾馆，但是从来没用过叔叔给的那张 VIP 卡，因为叔叔特地交代他们宾馆只要父亲签个字便可。那时候，叔叔有空就会去家里看我们，包括我要去南方上大学时，也是他送我到学校，还帮我办理好入学手续。同学们都说我有一个好叔叔，我自己也觉得有时他给我的依靠比父亲还多。

　　大学里第一个假期回家的时候我特地为叔叔买了一些南方的特产，叔叔把它们带在车上，放在家里最显眼的位置，逢人就炫耀说是他侄儿在南方读大学买给他的。

　　大学第一个暑假回家的时候，出了车站，发现只有父亲一个人在等我，让我更惊讶的是，父亲竟然是骑自行车来的。原来在两个月前，父亲的粘土矿突然发生地陷，所有的开采设备在一夜之间全部陷入地下。后来请了很多挖掘设备开挖，结果在挖到一半的时候又发生了第二次地陷，部分挖掘设备也陷了下去。就这样短短的两个月间，不但父亲赚钱的粘土矿没有了，还欠下了一些债务。父亲跟我说这些的时候推着车子看着前方，我看不到他的表情，看不到他的眼神，他平淡的语气像是在述说别人的事。

那天，我们用自行车驮着行李箱从车站走回家，但是我感觉是从一个世界走到了另一个世界。我清晰地记着，父亲那天穿了件白衬衫，记着他后背微微沁出了一点汗印，记着他推着自行车跟我说话的样子。

过了两天，父亲的那几个朋友决定举家到南方去闯荡，走的那天，他们一起吃饭，就在叔叔的那家宾馆。饭局结束时几个人都哭了，我第一次见一群大老爷们泣不成声。最后结账的时候被告知父亲的签字不再有用，我给叔叔打电话他没有接。后来还是妈妈去找邻居借钱过来结的帐，她还带了那张黄金的 VIP 卡，享受了最大的折扣，这也是我们第一次用那张 VIP 卡。

后面就再也没有见过叔叔，也没有电话联系，也没有听到父母提起过他，就好像从来都没有过这个叔叔一样。父亲进了一家企业做了一个普通员工，我们家就过起了靠父亲薪酬度日的小日子。虽然不如从前充裕，却更有幸福感。

大二暑假的时候，远在乌鲁木齐的阿姨回来探亲，父亲安排他们住在叔叔的那家宾馆，当然是用了那张 VIP 卡。在阿姨的记忆中叔叔跟我们很亲，所以还特地给他带了礼物，结果那份礼物最后连送都没有送出去。看到我们现在的处境，阿姨走的时候留了张卡给妈妈，当然是她回到乌鲁木齐才告诉妈妈放卡的地方和卡的密码。那天父亲拿着那张银行卡和那张 VIP 卡看了好久。

转眼之间就到了我大学最后一个寒假了，我们全家在家正准备过春节呢，突然涌进来一帮人。原来是父亲当年一起开矿的朋友，他们现在又发了家，现在回来给父亲拜年。其中有一个居然是在我读大学的城市，还说让我毕业后直接去帮他管理公司。过完春节，他们就张罗着在我们市为我父亲开一家公司，还利用他们之前开矿时候的关系帮父亲开了一家运输公司。挂牌开业的那天，叔叔突然来到我家，死缠硬磨地让父亲去他的宾馆举行了开业仪式。

大学最后一个暑假回家的时候，一出车站就看到叔叔在出站口，上了车才发现父亲也在他车上。到了家母亲才告诉我，知道要放暑假，叔叔便天天来问我什么时候回来，见今天父亲去接我，便非要一起去。见家里堆满叔叔送来的东西，我知道他又像以前一样对我们亲热了，但我们却并没有因此而觉得高兴，特别是父亲。那天叔叔还请我们全家吃饭，席间他边喝酒边讲起小时候他和父亲的故事，讲到小时候父亲怎么带他出去玩，怎么在爷爷面前护着他，还有在他读书时候老去学校偷偷给他零花钱。讲这些的时候他一个人拿着酒杯不断地喝着，脸红红的，但眼神很迷离。

大学毕业后我最终留在了上大学时的城市，那年父亲突然说他和母亲要来陪我过年。等他过来我才知道他已经转让出那家运输公司，准备在这里做点小生意陪我，南方的春节没有雪，但有比雪还要冷的雨。那天父亲要我陪他散步，走到离市中心不远的一个路口，他指着一个商铺说以后他和母亲就在这开一家小商店，安心地过他们的小生活。说完，父亲从我手中接过伞，递给我一张卡，并要我随身带着，在得意的时候多看看它。我接过卡来一看，正是叔叔当年送我们的那张 VIP 卡，我看了下办理日期，正好五年，不差一日。

选自《语文报》2015 年第 33 期

> 人心隔肚皮，我突然觉得这不就是赤裸裸的讽刺吗？总是有这样的人嫌贫爱富，阳奉阴违，在别人发迹的时候靠拢上来，在别人落魄的时候悄然离开。有些人的嘴脸注定是丑陋的，我们需要认清。

表 现

文 / 崔永照

> 没有独立精神的人一定依赖别人；依赖别人的人一定
> 怕人；怕人的人一定阿谀谄媚人。
>
> ——福泽谕吉《劝学篇》

马成一直想表现，表现的机会终于来了。

表现，当然是在自己的顶头上司汤兵面前。

那是初春的一个上午，暖洋洋的春风亲吻着公司大院的几株桃树，那娇艳的桃花好像禁不住缠绵，不时洒下花瓣雨，地上便是缤纷一片。

马成端着一杯茶，一杯飘着浓浓茶香的茶。抿一口，咂咂嘴，回味半天，显得悠闲自在。不过大脑在想着好多事儿，比如，这次公司中层干部选拔，总经理汤兵力排众议，把自己从一名普通职员提拔为财务部长。

想想几千号人的大公司，财务部长是管钱的，是万众瞩目的重要岗位，有人还在私下议论这可是个肥缺。自己已经上任两个月了，可还没给汤经理任何表示。

上个月到外地出差，他精心挑选了一套精品茶具，送到汤经理家里。汤经理淡淡地说，小马呀，别这样，我从来不接受别人的财物。还有，当前中央都提出了《八项规定》，纠正"四风"，咱更得廉洁自律，以身作则。

可是，您提拔我，我不表表心情，过意不去。

你来公司四年了吧？我看重的是你的人品和工作能力，好好干工作就行，别想那乌七杂八的。你去吧！汤经理抬抬手，就把马成打发了。

这时，马成眼睛一亮，看见汤经理的大奔从外回来。少顷，他扶着一位老人下了车，朝自己的住宿楼走去。那老人是谁呀？他想。

听说，孝顺的汤经理把他七十八岁的老父亲汤超接到城里来，要住段日子。刚从外回到办公室的小刘在和小谢嘀咕，这个消息如台风，顷刻间刮来。马成笑了，把茶杯放下，踱到窗口，狠狠地吸了一口新鲜空气，他知道自己处心积虑想表现的机会终于来了。

他在汤超到城里的第二天夜里，带着几件高档营养品赶到汤经理家，可敲了半天门也没人应声，无奈回到自己的住室，盯着院子看。很晚了，才见汤经理和爱人搀着汤超慢慢地进了院子了，不用说，他们陪老人出去散步了。

汤经理，给您汇报个事儿。马成第二天到汤兵办公室，急急地说。

说吧。汤兵呷了一口茶。

我听说老爷子来城里了，我想请老爷子吃顿饭。马成一脸虔诚。

哦，小马呀，谢谢你的好意，不用了。汤经理漫不经心地说。

汤经理，您听我说，您那么关照我，我又是您的下属，我请老爷子吃饭是应该的。

我是你的领导，在城里你请我爹吃饭，会显得我很有面子？汤经理说。

不是的，是您给我面子。马成在心里说，你要的不就是这个效果嘛。

呵呵呵，汤经理笑了。

嘿，看来有戏。马成异常高兴。

算了吧，不用了，你回去吧。

马成感觉自己一下子跌进了万丈深渊。

他惆怅了好几天。

从量变到质变的规律马成掌握得不错，半月后，汤经理经不住马成泡蘑菇，终于答应了。

那个傍晚，马成搀扶着汤超穿过酒店金碧辉煌的大厅，感觉自己宛如走在幸福的大道上。

在豪华包厢就坐，汤经理，他的妻子和孩子围着汤超递水、夹菜，唠嗑聊家常，温馨幸福，一家人其乐融融。连马成都羡慕不已。

汤超还一个劲夸菜很可口，马成不禁为自己周密的安排而有些沾沾自喜。他们不知道为了让老爷子吃好饭，他专门找到酒店经理，从菜要做得淡些、熟透、适合老人口味多方面进行了嘱托，还给了经理几张大票表示感谢呢。

看他们兴致很高，马成不失时机提出了一个大胆的想法，无酒不成席，咱们喝几杯酒吧？

汤经理迟疑了一下，算了吧。

哦，哦。老爷子反应比较明显，分明有渴望的眼神。

老爷子年龄大了，不敢喝酒的。

这个我知道，不过咱不喝白酒，就喝葡萄酒。这是既养生又保健的，咱少喝点？马成解释。

那，那就少喝点儿。汤超抢先答应了，汤经理没再说啥。

服务员打开葡萄酒，倒到高脚杯里，这红色的琼浆玉液，愉悦着大家的眼神，氤氲出诱人的香。

很快大家推杯换盏，把晚餐引向高潮。

喝高兴的老爷子对汤经理说，我看这个小马很精干……

我敬您一杯酒，祝您福如东海，寿比南山。马成受宠若惊，来到汤超面前，毕恭毕敬地端起一大杯酒，一仰脖就下肚了。

我再敬汤经理一杯酒，祝您事业辉煌，前程似锦。马成端着满满一杯酒，来到汤经理面前。汤经理满意地拍了拍马成的肩膀，马成一激动，又喝下了一杯酒。

大家都喝得醉意朦胧，这才打着饱嗝离席了。

马成觉得这真是一次成功的宴请，在心里为自己欢呼和自豪。

走出酒店，马成小心翼翼地扶着汤超下台阶，他两腿软绵绵的，汤超也跟跟跄跄的。汤超一步没有走稳，马成还没反应过来，他就重重地摔倒在地。

大家惊慌失措，乱成一团。当把汤超送到医院检查后，医生严肃地说，病人胳膊和腿三处骨折，需要住院治疗，是喝酒喝高了吧……

马成听到头顶响起了一声炸雷，震耳欲聋。

选自《考试报》2014 年第 5 期

有些人总觉得世间所有的事情只要用巴结奉承就可以搞定，这样的想法一旦根深蒂固，那就跟祈求恩赐没什么区别。

父亲的肩膀

文 / 告白

父爱可以牺牲自己的一切，包括自己的生命。

——达芬奇

　　第一次骑在父亲肩头，我便想，自己何时才能长得像他一般伟岸刚强。

　　于是，在艰涩而又漫长的成长之路上，父亲成了我人生的标尺。每隔一段时间，我就要嚷嚷着走到他跟前："爸，别动，别动！你看，我很快就会和你一般高了！"

　　这样的岁月，终究如庭院中的春花一般，尽数落去。我不再与父亲比较，不再依赖他的肩膀，甚至，不再与他交谈。我们终于走成了中国式的父子关系，外表冷漠，内心热情。

　　对于我来说，他和母亲似乎就是两种不同的机构。他负责用戒尺和皮条惩戒我的一切冒失与错误，而母亲，则负责用热泪和怜爱庇护他所施予的所有罪罚。

　　记得很多年前的夏末，我徘徊在楼顶上看晒陈年的谷子。隔壁院中的桃树，像一双张开的大手，越过高高的围墙，倾斜在午后的楼顶上。饱满的果子坠在茂盛的绿叶间，像暗夜里刺眼的彩灯，让人目不暇接。

　　躲在茂盛的枝叶背后，我内心出现了极大的挣扎。父亲平日的教诲与此刻躁动的情绪形成了两股巨大的波涛，使我茫然且不安。我不愿撒开心中的善念，却又不甘就此离去。那满树丰硕的蜜桃，像定格的底片，在我翻滚的脑海中浮动。

我到底还是将柔弱的双手伸进了随风摇动的绿叶间，父亲在楼下的窗内目睹了整件事情的经过。当日，我不但遭受了平生第一次最为严厉的毒打，还被父亲勒令兜着偷来的蜜桃上邻居家里道歉。

母亲从地里赶回来时，父亲正扬着细长的皮鞭，预备将我就地正法。母亲夺过黝黑的皮鞭，哭闹着将我抱在怀里。由此，我躲过了极为严酷的下半场劫难。

我永远记得父亲说过的话，他瞪大了眼睛指着母亲："慈母多败儿！"印象中，这件事情便是我与父亲情感变化的转折点。我在潜意识里忽然发现，这个留着八字胡的和蔼男人，原来有着如此可怕一面。

没过多久，我便因高烧不退躺在了床上，母亲整日守在床前，嘘寒问暖。我当时虽然不曾对母亲提起，但心中却无比坚定地认为，这次重病的根源，八成就是没有吃到蜜桃还挨了打。

父亲背着我往城里赶的时候，我已被病痛折磨得神志恍惚。母亲说我一路伏在父亲的肩上都在念叨着桃子，桃子。

从睡梦中醒来时，只见周围一片惨白，我心里依旧想念着那些饱满的蜜桃。父亲低声询问前来给我打针的护士："他能吃蜜桃吗？"护士说："冷的不能吃，如果实在想吃的话，得用冰糖炖热了才行。"

几个时辰后，父亲从外面的路上赶来。他宽阔的肩膀上压着一只棕色网格的麻袋，袋中全是硕大的桃子。母亲到附近的饭店借了火，为我端来温热的冰糖炖蜜桃……

时至今日，我仍然记得当日父亲的肩膀，他让后来的我始终不敢逾越道德的雷池，去重犯童年的错误。对于叛逆的儿子来说，父亲的肩膀既是铁面的责罚，亦是牢固的爱与宽容。

选自《考试报》2014 年第 3 期

> 有些爱是沉默的，就像那远处静静矗立的高山。父亲就像这些高山！

— 和青春里的那些委屈握手言和 —

暖透一生的奶酪

文 / 崔修建

爱是生命的火焰，没有它，一切将变成黑夜。

——罗曼·罗兰

　　她曾暗暗地喜欢过他，但一向自卑的她，从未跟任何人袒露过这个秘密，只是把一份清纯的情感永远地压在了心底。

　　那时，她和他在那所教学水平极其落后的乡中学读书，她是他的前桌，但两人几乎没说过几句话。因为她那时平凡得实在是太不起眼儿了，成绩优异的他却一直是老师和同学心目中的焦点。

　　后来，全班唯一考入县城高中的是他，自然他也是全班唯一的一个大学生。再后来，他考上了研究生，去了美国。这期间，他和许多同学都断了联系。

　　初中一毕业，她便开始年复一年地伺弄那几亩责任田。20 岁那年，她听从父母的安排出嫁了。她嫁的那个男人懒惰又好喝酒，还时常粗野地打她，打得她身上紫一块青一块的，让人看了心疼。

　　在一个炎热的夏日，她那喝醉了酒的男人，失足跌落到村外的一条小河里溺水而亡。后来，她又嫁给了一个老实巴交的男人。安稳日子没过上一年，她的第二个丈夫又不幸在翻山抄近路回家时，被采石场突然炸响的哑跑掀起的石头砸中了太阳穴，连半句遗言也没留下，就匆匆地撒手而去。

　　这时，她已是两个女儿的妈妈，小女儿刚刚满月。守着两间破败的草房，加上一大摊子外债，日子窘迫得让她看上去比实际年龄要苍老十多岁。

村里有人背后说她命硬、克夫，她也惶惑：自己的命咋这么不好？怎么连一份艰难的日子也不让自己支撑下去？

偏偏在这个时候，更大的不幸又降临到了她的头上——她被检查出患了严重的肝炎，医生叮嘱她一定要少干重活，还要抓紧时间治病。要不然，恐怕……面对那冰冷的诊断书，她欲哭无泪。

在那个飘雪的冬天，她木然地徘徊在村边的冰河上，心冷得如拂面的凛冽寒风。是女儿那一声声急切的呼唤，让她揩去眼角的泪水，拖着沉重的身子走回家中，点燃潮湿的柴禾，给漆黑的小屋添一份暖意。

这个春节该怎么过呢？无法挥去的愁绪缠绕在她的心头。

傍黑时分，村长大声嚷嚷着，给她送来一张寄自美国的贺卡。那是一张十分精致的贺卡，上面画了一块大大的奶酪，还有两行充盈着诗意的话语——真情如奶酪，芳香永远飘逸在岁月的深处。

哦，是那个不曾忘怀的他寄来的漂亮贺卡，他一语简单的问候，宛若一缕温馨的春风，吹入她几欲绝望的心田。捧着贺卡，她的眼角一阵灼热——这么多年了，难得他还记得她这个同学，记得给这个藏在山旮旯里的"丑小鸭"送上一份真诚的关心和祝福。

"妈妈，这是什么？"四岁的大女儿指着贺卡上的奶酪问道。

"这是奶酪，很好吃的一种东西。"其实她也只是听说过，从未品尝过奶酪的滋味。

"那我们什么时候能吃到奶酪呢？"女儿的眼睛里闪着渴望。

"会的，我们会吃到奶酪的，妈妈一定让你们早点儿吃上奶酪。"她紧紧地把一双女儿揽在怀里，一个热烈的希望开始在心头荡漾。

没错，就是那突然而至的一张贺卡，那一语久违的问候，让她骤然感觉到被关切的温暖，感觉到眼前的生活远非自己想象得那样糟糕，还有很多美好的事情等着她去做呢。

一番思虑后，她拿出家中全部的积蓄——50元钱，买了两对种兔，开始圆一个大大的、又真切无比的梦，她的勤劳和坚毅，终于感动了上苍。三年后，她成了全县有名的"养兔大王"，100多平方米的大房子盖了起来，银行里的存款已突破了十万元，她的病也在北京彻底地治好了。

　　那天，她领着两个女儿，走进了省城的一家精品美食屋，第一次"奢侈"地买了两大盒奶酪，母女三人欢欣地品尝了起来。

　　味道真是好极了！那股特有的芳香，只有她才能品味出来。

　　坐在布置得漂亮的卧室里，拧亮台灯，她再次打开他寄来的那张贺卡，轻轻地抚摸着那块诱人的奶酪。她眼睛湿润，喃喃自语道："谢谢，谢谢老同学，是你冬天里那一句温暖的问候，才让我拥有了今天的这一切……

　　这是我最近在回乡的列车上听到的一个真实的故事。在细细地品味时，我蓦然发觉：在我们平凡琐碎的生活中，多么需要那样濡染心灵的情感奶酪啊。如果人人都能慷慨地馈赠他人一份真情，那么我们眼下的日子里，又该增添多少奶酪一样的芬芳呢……

选自《语文周报》2014年第5期

　　赠人玫瑰，手有余香。一份爱心就是一场心灵的洗礼与感化，让人们如沐春风，让生活如奶酪般芳香。

无论世上流韵多少种语言

文 / 纳兰泽芸

见面怜清瘦，呼儿问苦辛；低徊愧人子，不敢叹风尘。

——蒋士铨

无论世上流韵多少种语言，我都叫你"宝贝"，你都叫我"妈妈"——嘉恬，妈妈的小宝贝，今天，是你一周岁生日了。

这一天，妈妈没有去呼亲引朋地摆什么周岁宴，只是为你准备了一只蛋糕，上面插上一根蜡烛，点燃。

刚满周岁的你当然不会吹蜡烛，妈妈替你吹灭；刚满周岁的你当然不会许愿，妈妈闭上眼睛，默默许下一个愿：恬宝，一年前的今天，你与妈妈的身体分离，但从此，我们的心就永远在一起。你与你的芮姐姐，就成为妈妈生命里最珍贵的两个宝贝，你们是上天赐给妈妈最珍贵的礼物！

恬宝，你是否还记得，妈妈怀你在腹的二百七十多天里，我们娘儿俩分秒相伴一起经历的诸多往事？

那些欢乐、幸福、担忧、紧张的日子，铭记在妈妈的心里，成为妈妈生命里永久的回忆。

第一次超声检查，妈妈心里有点忐忑，那时的你只有一粒小葡萄籽大啊，你是否乖乖地在你的"小宫殿"里安家了呢？当医生阿姨确定你已经在妈妈宫殿里平稳地"安家落户"时，妈妈轻轻地松了一口气。

第一次多普勒胎心监听，当你强劲的心跳声如擂鼓一般地响起时，妈妈的心里激动而又幸福；第一次排畸大筛查，医生花了近半个小时，把妈妈肚里的你上上下下仔仔细细地检查一遍，妈妈心情紧张地等待结果，当拿到"一切正常"的医学报告单时，妈妈心里安稳又踏实……

我们娘儿俩的相伴之路并非一路顺遂，我们也经历过彷徨和虚惊，不是吗？怀你第四个月，妈妈在医院做了一项常规检查——唐氏筛查。当时妈妈对这个"唐氏筛查"并没有什么概念，只知道这是一种通过检测妈妈血清中的某些物质，来计算腹中胎儿患先天性缺陷概率的检测方法。之所以没有什么概念，是因为以前怀你芮姐姐时，"唐氏筛查"这一关轻松就过了的，所以抽好血之后没有任何思想负担地就离开了医院。

没想到，过了一个多星期，妈妈突然接到医院的电话，说唐氏筛查结果为"高危"，高危值为 1/120。也就是说有 1/120 的可能性，妈妈腹中的你不是一个健康的宝宝！唐氏筛查的临界值一般是 1/275，大于这个临界值就属"高危"，小于则为"低危"。

要排除高危嫌疑，只有进行羊水穿刺。然后培养羊水中胎儿脱落的上皮细胞，检验细胞的染色体，再确诊是否存在问题。羊水穿刺手术，是在不给妈妈打麻醉的情况下，将一根长针在超声波的严密监控下刺进腹中抽取一些羊水。这的确挺令人恐惧，但妈妈彼时已无惧，只要能确认妈妈腹中的你没事，这点恐惧不算什么。

抽取羊水后，要进行细胞培养再做染色体分析排查，这个过程要三周时间。这三周，是前所未有的难熬。

妈妈在心里无数遍祈祷腹中的你平安健康，妈妈对自己说，只要宝宝健康，就算不太聪明，不太漂亮，不太优秀，都不要紧。

三周之后，当妈妈拿到染色体分析报告时，妈妈闭上眼睛，把那张纸攥在手心。妈妈的心怦怦直跳，手微微发抖。妈妈深呼一口气，慢慢睁开眼睛，展开那张纸——"未见异常"几个字像火炬一样照亮了妈妈的眼睛，同时也照亮了妈妈的心！

直到十月怀胎期满，当你嘹亮地哭着，用力地蹬着小腿划拉着小胳膊被医生抱到妈妈眼前："8斤2两，非常健康！"时，妈妈的泪水，潸潸而下。

那年你芮姐姐即将出生时，妈妈半夜羊水早破，紧急采取剖腹产手术才使她安然降生。妈妈经历过一次剖腹产手术，所以这次你出生，医生还是建议剖腹产会比较安全。

你出生之前，虽然妈妈也给自己鼓励、打气，告诉自己为了宝宝你，妈妈一定要勇敢，可是当妈妈被推上灯光刺眼的手术台时，妈妈还是无法控制地颤抖起来。而且医生告诉妈妈，虽然打了麻醉，但手术过程中可能还会比较痛。因为妈妈以前已经做过一次手术，伤口虽然已经愈合，但麻醉剂不能彻底作用于刀疤处的肌肉及皮肤组织，这次再次切开刀疤，会有比较明显的痛感。

果然，手术过程中，锋利的手术刀给妈妈带来的痛感让妈妈忍不住呼痛，医生鼓励妈妈：是会有些痛，再坚持一会儿，妈妈可没那么好当啊。

是啊，妈妈没那么好当啊！妈妈握紧了拳头，注视着手术台上苍白而刺目的无影灯灯光，告诉自己：为了宝宝平安降生，一定要坚强，一定要勇敢！

妈妈能清楚地感觉到医生在用力按压妈妈的腹部，然后把你从待了十个月的宫殿里面抱出来，紧接着就听到你"哇哇哇哇"响亮的婴啼。在手术中，就算很痛，妈妈也没有掉一滴泪。可是当妈妈听到你嘹亮的婴啼时，妈妈的泪水，一如决堤的海，喷涌而出。

医生看妈妈在流泪，还跟妈妈开玩笑："8斤2两，不小啊！看你人，块头小小的，生的宝宝倒蛮大的。多好，别哭了，啊？"

妈妈不好意思地破涕为笑了。

是啊，多好啊，我的小恬宝！

虽然，抚育你的这一年，妈妈受了不少辛苦，但看着你一天天健康地长大，机灵、漂亮、聪明、可爱，妈妈吃再多的苦都心甘情愿。常常，你纯净如雪的笑容，会让妈妈看痴了去。

妈妈搂你在怀中，吻你胖嘟嘟的小脚、小手、小脸，吻你的眼、你的额、你的发……

妈妈是怀了怎样感激的心情啊，妈妈像一个只乞求一小颗糖果的孩子，未料命运却慷慨地给了妈妈满满一整罐香甜的蜂蜜。

妈妈怎能不知，如果只有嘉芮姐姐一个宝宝，妈妈会轻松很多很多。现在芮姐姐已经上小学了，懂事了，只需学习上多费些心思就可以了。而你的到来，会占据妈妈太多太多的精力与时间，会耽误妈妈做很多很多事情，也会让妈妈不得不放弃许多原本可以做的事情。

而且，在上海这个快节奏，高消费的都市，你的到来，也无疑会在经济上增加不小的开支与负担……

这些，妈妈都考虑过，可是，妈妈还是决定迎接你的到来。妈妈愿意在生命的长河中，有两个亲爱的宝宝陪伴妈妈一起度过。

付出固然是辛苦的，然而，妈妈相信，妈妈收获的是，两个宝宝对妈妈诚挚的爱。

妈妈想着，要不了多少年，你与芮姐姐都会长得超过了妈妈的个头，那时候，你们俩一左一右牵着妈妈的手，我们幸福地走在一起。

妈妈相信，到那时，妈妈一定依然年轻，依然美丽……

妈妈相信，到那时，无论世上流韵多少种语言，妈妈都依然叫你"宝贝"，你都依然叫妈妈"妈妈"，因为，妈妈，会是你们永恒的妈妈：

当你第一次睁开双眸，

最先看到的是妈妈的无比圣洁。

妈妈眼睛一眨不眨，仔细地盯着你，

你朦胧的心本能地律动，

却无法表述亲情。

你的小手小脚只好一阵乱舞，

急切地，忍不住地大声啼哭。

经过多少日日夜夜的抚育，

你终于坐直了小小的身躯。

直到那一天，你绝不愿再等待，

从胸中喷薄而出那一声，

生命中最珍贵的第一声——妈妈！

无论世上流韵多少种语言，

这是最感人的原始蕴蓄；

无论世上流韵多少种语言，

只有这一声呼喊如此相同……

选自《考试报》2012 年第 33 期

> 一声称呼，一声问候，一次撒娇，一次拥抱，都是在用爱去联络彼此。喊一声妈妈，这是世上最动听的语言。

玲珑心伤不起

文/冠豸

帮助他人的同时也帮助了自己。

——罗夫·瓦尔多·爱默

一

新学年开始，我们班转来了一个叫白玲珑的女生。她来的那天一直低着头，长长的头发遮住了她的脸，让人无法看清她的五官和表情。但"白玲珑"这个美丽的名字却让大家很快就记住了。

班主任把她安排在我旁边的位子上，我边鼓掌边说："欢迎欢迎！"但她走过来径直坐下，一句话也没有。我刚绽放开来的笑容顿时凝固在脸上，愣了一下，这个女生好拽呀。

毕竟是新来的，她的出现在大家日复一日平静的日子里激起了一阵波澜。一下课，就有许多同学围过来找她说话。白玲珑人如其名，是个白皙、清秀的女生，但她真的好怪，总是低头不语。

刚开始，我以为她是害羞，可是一个多月后，她依旧如此。大家对她的兴致和热情渐渐减退，谁也没再主动理睬过她。班上的女生还说："什么白玲珑，简直就是一块冰。"

或许白玲珑喜欢这样安静的日子吧，她每天总是一个人来来去去。我们虽是同桌，却没有说过几句话，仅有的几句，也是我主动问，她才回答。

我觉得，她就像一株没有生机的植物，一点年轻人的朝气都没有。课间休息，我们大家喜欢聚众聊天，或是追逐打闹，唯有她安安静静地坐在位置上，眼神倦倦的，不知在想什么。

遇上这样的同桌，挺郁闷的。

二

我是个话多的人，讲得兴奋时必定滔滔不绝、口沫横飞，班上的同学都叫我"话篓子"，可是遇见惜话如金的白玲珑，我也没辙了。但我注意到，白玲珑写得一手娟秀的字，我夸她的字漂亮，她的脸就泛红了，低声说："哪有？"

有点搞不懂这个女生，我仔细观察过她，其实她并非冷漠的人，就是话少，像只闷葫芦。我还注意到单元小测那天，她的神情特别奇怪，脸色灰灰的，像生病了。

我问她是不是病了？她摇头，没吭声，但眉头紧锁。考试时间紧迫，见她不说话，我就没再理会她，自己认真答题。

考试交卷后，大家又兴高采烈地聊起明星八卦，谁也没把一次小小的单元测验当回事。从开始读书到现在，考试太多了，都没感觉了。

我们聊得正起劲时，邻桌女生邱慧朝我努努嘴，我转过头，看见白玲珑正趴在桌子上，双肩颤抖，还发出压抑的哽咽声。她哭了？怎么了？我一头雾水，没人招惹她呀，怎么就哭了？难道是考试没考好？可是不至于呀，她平时的作业都是"优"，比我还厉害。

"怎么了？白玲珑，是不是身体不舒服？"我走过去问。

"没有。"她抽泣着回答，声音楚楚可怜。

"是不是遇到了什么事？说出来，我们帮你。"邱慧也围过来，轻抚着白玲珑的肩，关切地说。

"我没事。"白玲珑说，但依旧止不住抽噎。

我估计她是考试考砸了，可不就一次单元小测么，有什么好难过的，下次考好不就可以了。我不理解她为什么会哭得如此伤心。

三

在学校里，各科的考试总是很多，学生嘛，考试是家常便饭。但我注意到，白玲珑很在意，无论大考小考，只要老师一说要考试，她的脸色马上就变，如临大敌。

她的变化让我很奇怪，那些平时她都能够做对的题，一到考试，她就错了，分数出奇的低。我知道，作业都是她自己写的，从没抄袭过别人。不爱学习的同学讨厌考试我理解，可是她平时学习那么认真……我不明白白玲珑是怎么了？

我把自己的疑问告诉邱慧，她想了很久，说："白玲珑会不会是有考试恐惧症？""考试恐惧症？"倒是想起原来在报纸上看见过，有人在高考考场上因为紧张晕倒。难道白玲珑也是这样？可是单元小测能和高考比吗？

和白玲珑熟悉后，她倒是不再拒我于千里之外，课间休息时，我们也会简单地聊天。但她的表情总是淡淡的，不温不火，似乎没什么事情能够让她兴奋起来。更多的时候，她总是凝望着窗外一动不动。

邱慧说，白玲珑落寞、瘦削的背影让她很想帮助她。我也想，可是要如何才能打开白玲珑紧闭的心扉呢？我说。

邱慧是个热情如火的女生，她决定用自己的热情感染白玲珑。每天放学，她就陪在白玲珑身边，找她说话，亲密地跟她一起坐公交车回家。虽然不同路，但她一点也不嫌麻烦，她说，就算白玲珑是一块冰，她也要融化她。邱慧还在自习课时与我换座位，故意向白玲珑讨教一些学习上的问题。课间她也不让白玲珑再一个人待在教室，总会拉上她到操场活动一下筋骨，渐渐的白玲珑不再拒绝与人交流。

班上的其他同学在邱慧的发动下，也加入了这场暗中进行的"化冰"行动中。大家有意无意地都会主动找白玲珑搭讪，对她亲切而友善。这次"行动"效果显著，白玲珑一天比一天活跃起来，也愿意参与班级的活动了。

邱慧后来告诉我，白玲珑确实是得了"考试恐惧症"，就像有人恐高、晕血一样都是一种心理疾病。

其实最初，她并不这样，只是在她很小的时候，父母送她去学钢琴、学舞蹈，哪一样都要考试，学校里的考试也接连不断。她是个懂事的女孩，知道父母挣钱辛苦，就想考个好成绩让父母开心，可是她越想考好就越紧张，考试状态就越差，考出来的成绩也不尽人意。

她自己也不明白，那些平时并不难的东西，为什么一到考试就全忘了，头脑空白，久而久之，恶性循环……这是一种很典型的"考试恐惧症"。

邱慧说完，若有所思，喃喃地说："只有帮她打开心结，她才能正确面对考试，消除这种不必要的焦虑。"

到此我也明白了白玲珑不爱与人交流的原因，每次考试成绩不好，她也很自卑。她在以前的学校里，就是因为过分内敛，才被同学排斥的，所以她宁愿把自己包裹在小小的壳里，以为这样就可以少受一点伤害。

四

由于是同桌，我与白玲珑的交流很方便，闲聊时，我会时不时冒出个小笑话逗乐她。或许是她感受到了我们对她的友善，她不再小心翼翼地戒备，也不再总把自己"缩"在壳里了。听到我说笑话时，她也会掩嘴而笑，再加上邱慧自毁形象的搞怪表情，白玲珑想淑女都难，她"哈哈哈"开怀大笑起来。

听到这样的笑声，我知道，后面的事情就简单多了。我和邱慧与她进行了一次深入而且透彻的对话，后来还陪她一起去找邱慧一个当心理医生的姑姑，用科学的方法帮助白玲珑摆脱考试恐惧。

白玲珑自己也很努力，我想她早就想摆脱这样一种让她无奈的困境吧，所以她很配合。大家的关心和热情是最好的良方，白玲珑不再患得患失了。当单元小测再次来临时，我平静地对她说："就像平时写作业一样面对吧，不要当成考试。"她看了我一眼，点点头，看得出来，她还是有点担心，不过，她的脸色不再苍白如纸。

"加油！我们开始写作业了。"我笑笑，然后埋头答卷。我时不时看看她，见她表现还算正常就放心了。以前考试时，她会喘粗气，呼吸急促，额头会冒汗，现在，这些都没再发生。

终于交卷了，邱慧急切地跑过来，问："怎么样？考得好吗？"白玲珑点点头，眼眶濡湿，她说："谢谢你们！这次考试，我感觉好多了。""我们去操场跑一圈吧，放松一下心情。"说着，邱慧拉起白玲珑的手，向操场冲去，临走还对我吼一句："让路呀！"

看着两个女生奔跑的背影，我仿佛看到了两只蹁跹的蝴蝶，她们正在自由而快乐地飞翔。

选自《学生天地·初中》2014 年第 3 期

> 在青春年少的日子里，少点自卑，多点关爱和融合，让每一朵花都盛开在旺季。

我不是"输"的代名词

我以为你不会喜欢我，就像我不会喜欢你一样，可在转身之后才发现，你已经成为我生活的一部分。我们都有自己缺失的部分，上天安排这样的相遇，是为了能够彼此补充完整。不管岁月如何漫长，即使都是寒冷的夜，也能感受炭火浓浓的暖意。从此，我不是我，你也不是你，只有我们是我们。

一个人的青春战役

文/冠豸

为了找到一个好朋友，走多远的路也没关系。

——托尔斯泰

一

升入高中，我第一个认识的人就是崔子良，见到他本人之前，我已经听说了他的传奇故事。市三好学生，几届作文大赛的第一名，学生电台的主播，市音乐节学生组 B 组冠军。擅长棋类，学过书法、咏春拳，会拉小提琴，一个神一样的人物。

可是真见到他本人时，说实在的，我很失望。这个被传颂得神乎其神的同学，原来也没有三头六臂，只不过是一个留着"鸡冠头"的时尚男生而已。个头跟我差不多高，让人印象深刻的是他头上顶着的怪异发型和脸上酷酷的表情。

他一直是我的"假想敌"，中学时，我们不同校，可他的故事老师讲了一次又一次，虽未谋面，但早已熟知。没想到，进了高中，我们谋面了，还是同桌。

或许是一开始就对他有"敌意"吧，我没有像其他同学那样，很快就和他打成一片。崔子良人缘好，或许是他的故事大家都知道，所以第一次选班干部，他就以高票当选我们班的班长。我心里颇不服气，暗下决心，一定要和他"面对面"地较量一番。

以前，他只是"假想敌"，但现在都坐在一条凳子上了，"正面交锋"在所难免。

二

我每天都冷眼旁观崔子良，实在是看不出他有什么不一样的地方。上课认真听讲，作业按时完成，下课爱喧哗，该玩的时候，他比任何人都积极。没见他有什么特别用功的时候，他凭什么就"神"呢？

有时我就想：崔子良不过是平凡人，只是事实被夸大了，战胜他也没什么不可能的。他每天所做的事，我一样都没落下，一直以来，我也是学校的风云人物，更是父母的骄傲，我就不信我不如他。

崔子良并不知道我对他存有"敌意"，他对我很友善。我们的性格差别很大，我内敛，平时话少，但他却是个"话唠"，而且普通话说得非常好，怪不得能当学生电台的主播。

课间休息，我们的座位周边总会围着一堆人，他们都是来听崔子良讲笑话的。这家伙能言善道，一个毫无笑点的故事经由他嘴讲出来都能令人捧腹大笑，连我这个平日里不苟言笑的人也会不由自主地咧开嘴笑出声。

我和崔子良是不同类型的好学生，同样成绩优秀，但我在大家眼中是低调的，"中规中矩"的；而他高调张扬、锋芒毕露，有时还有许多出格的举动。他一点都不谦虚，心里有什么想法，马上就说出来，一点不在乎万一努力后不成现实被人笑话。

我和崔子良的竞争，一直以来都是我单方面进行的，我处处和他较量，哪一方面都不想输给他。他并不知晓我的想法，时常会告诉我他的宏大计划。当他揽着我的肩膀，告诉我他的种种想法时，面对他的坦率，我会很讨厌自己的虚伪。

我笑着给他鼓励，心里想的却是新的竞争计划。他写作文参加市征文比赛，我一定也要写一篇；他给电视台写策划稿，我肯定也不落后；他报名参加市长跑比赛，我也报；当我知道他被老师选去参加市中学生现场作文比赛时，我就争取能去参加市里举行的中学生数学竞赛。

　　整个高一，我们的各科成绩并驾齐驱，他得了不少奖，我也得了不少奖。只是我心里面还是很郁闷他为什么这么优秀，因为他平时玩的时间挺多的，不像我，一直在暗中努力。

　　同学说我们两个都是老师的得意门生，但我感觉得到，老师对他还是更欣赏的。崔子良头脑活络，想的问题总和别人不一样，他还特别喜欢"打破沙锅问到底"。可能在我眼中只是很普通的问题，他却要深思熟虑，问出许多奇奇怪怪的东西来。

　　我很注意他的提问，只要他去想的问题，我也会绞尽脑汁地去想，就算那问题有些无聊，我也不会轻易放弃。他是我很久以来的一个目标，一面旗帜，是我非常想战胜的人。

　　我从来没有把自己真实的想法告诉过崔子良，如果他知道后，会怎么想呢？但他在无意中给我做了个很好的导向，让我跟着他，接触了很多过去自己并不喜欢也不擅长的领域。

　　他是学生电台的主播，普通话讲得好，我就每天回家后都坚持收听十分钟他主播的内容；他拉小提琴的时间，我在家练习葫芦丝；他去练咏春拳时，我肯定就在跆拳道馆；他写毛笔字时，我就练国画……我有他的时间安排表，就背着他也把自己的时间安排得满满的。

　　只是我想不明白，他每天看起来都精力旺盛，快乐无限；而我却过得很累，感觉自己像只上紧发条的钟。

　　　— 和青春里的那些委屈握手言和 —

三

我处处以崔子良为榜样，时时把他放在心里。有时，真希望他能歇息一下，这样我就可以暂时停下追逐的脚步。

崔子良每天都过得风风火火、忙忙碌碌，我也是如此。我的疲惫写在脸上，崔子良曾问过我，干嘛把自己搞得那么累？我那时真想骂他，但忍住了，我累还不是因为他？

这场一个人的青春战役，我跟着他学到了很多东西，但我把自己的方向迷失了，甚至于我弄丢了自己。我不知道除了想要战胜他外，我自己还有什么梦想。我好像没有什么特别喜欢的，不像他，对自己的目标有鲜明的认识。

在高一结束的暑假，我才第一次对他说了埋在心里很久的话——我想战胜他。崔子良一点也不诧异，他说，他早就知道我的想法，所以他也没有放松过自己。

"但你每天还是很快乐呀！不像我，都快累死了。"我抱怨道。崔子良笑得一脸灿烂，他说他做的都是他喜欢的，不像我，没有选择。

我突然就哑口无言，是呀，我马不停蹄地跟着他转，做的都是他喜欢的事，我一直都是跟在他后面。这样，如何才能超越他呢？如何会有自己的快乐？

一语惊醒梦中人。

"你一点都不比我差，只是没有自己的方向和目标。优秀的人很多，想要超越没什么不对，但要先超越自己，首先你得保持快乐。"崔子良直言不讳，说得我脸红耳赤。

"我喜欢你追逐的劲儿，如果你能够把这种坚持和毅力用在你擅长和喜欢的方面，你肯定会有更大的收获。我接受你的挑战，我们一直竞争下去吧，友好的竞争，在自己喜欢的方面做最大的努力。"崔子良握着我的手说，他的真诚，我能感知。

他一直都是真诚的，只是我隐藏了自己。开诚布公地交谈，让我又一次认识到自己与他之间的差距，不只是学识上，还有心胸和气度上。

崔子良的辉煌传奇还在续写，我希望自己的辉煌也能继续，就像他说的：做最真实的自己，做自己最想做的事，尽自己最大的努力。

赢不赢得过别人并不重要，重要的是赢过自己。这是崔子良教会我的，是我在这场青春战役中学会的最重要的一课。

选自《读者·校园版》2013 年第 23 期

成长路上的每次相遇，都是为了教会我们某些道理。那些平凡的少男少女，让我们学会了怎么生活以及如何成长。

尴尬的背诵

文 / 林永英

书籍是巨大的力量。

——列宁

从小到大，我就对背诵莫名的发怵，经常会因背不下而罚站，打屁股，其可怜之状不可描述。

对于硬性的背诵，我总不能记住自己到底背了些什么。语文中的古诗词还好，就是怕政治哲学啥的，那简直就是天书，咋读都迷糊。

最尴尬的一次背诵是在师范背《学生守则》，是全校大张旗鼓举行的一场背诵比赛。我至今都不知当初背的是啥玩意儿，其实，即使我没背下来，我依然是个非常守规则的好学生。

在班里集体站在黑板前背，班主任就在下面压阵观察。我这个平时老实刻苦的好学生，站在队伍里，随着同学们的张嘴发声也在做着相同的口型哇啦哇啦地背诵，是那种理直气壮，慷慨激昂地背。

班主任很满意我们的正确整齐，我记得班主任还特意看了我几眼，我背得更起劲，嘴也张得更大了。天！我不知道这几眼代表着什么含义，要是知道，割肉我也不会卖力地背了。

比赛就在那晚的晚自习后在学校的大礼堂里举行，台上是一个班级接一个班级的背诵，穿着全部是统一干净的校服。台下是群情激昂的学生，他们热情高涨地听，叫好，鼓掌。

真是不理解那样枯燥无味的活动，怎么能让一群正是热血沸腾，青春烂漫的大孩子们如此地痴狂。也许是在教室里待得太久了，压抑的时间太长了，好不容易有了这么一个可以让自己无所顾忌地大吼大叫的场所，所以才兴奋莫名吧。

终于临到自己的班级了，整齐地上台，排好，站好，一切井然有序。明亮的灯光下我也便坦然地随全体同学张大了嘴巴大声地背诵，那阵势，那场面，很是豪迈，激情万丈。

也许自己真的是背得滚瓜烂熟，反正自己在张嘴在发声，整个班级的男女生都在努力张嘴发声为自己的班集体争光。背诵完是热烈的掌声，台下更是群情激奋。

接着是抽学号单独出列背，9号！天，是我呀！在同学们的催促下，我茫然地接过主持人的话筒走到台中央。天！这就是班主任多看了我那两眼的结果，我咋这么背啊？

面对热情的台下，我茫然地不知身在何处。我的大脑一片空白，所有的一切静止，时间静止，声音静止，寂静，寂静，好像走进一个偌大的森林。我在抬头茫然地看，看树隙间的光线，不知所以。

时间在嗒嗒而过，也许是一个世纪那么长，那么久，我脑海中啥都没有，一片空白。这样不知站了多久，只觉太长太长，说不出的感觉，没人帮我，把我领走，离开。

终于我对着话筒机械但不失礼貌地说："对不起，我太紧张了。"便轻鞠一躬鬼魅般回到班级的队列中。天，这就是紧张，紧张得啥也听不到，看不到，像梦游。

耳边依旧没有任何声息，眼睛里也依旧没有同学的任何表情。我就呆呆，木木地站在他们当中，转身，下台，回座位。

后半场的比赛我在自己的座位上没有看到听到任何的人和声音，我依旧聋而盲，时间那么漫长，漫长得我找不到自己。

比赛结束了，我随同学们的脚步回到宿舍，宿舍的楼梯好高，好陡呀！那些从我身边匆匆而过的同学都会侧头看我一眼，瞧，这就是今晚那个说对不起太紧张特出格的姐们。从没有的疲惫和劳累向我袭来，腿脚那么沉那么重，我不得不低头把台阶一一艰难地数完走完。

事后，没人说我，班主任也啥都没说，但我能想象得到他的失望还有在台下观看时的尴尬。很长的一段时间，我都不能自拔，沉浸在自己的失败当中。

唯有体育班的那个男孩事后惋惜地告诉我，他就在台下，离我很近，并大声喊叫告诉我答案，其他班的同学都喊。可当时的我心里一片空寂，耳际里毫无声息，那么热闹的场景竟然就在我的生活中如电影中的刹那静止，空白，慢镜头似的，蒙太奇般地没了声息。

我很抱歉地说，太胆小，太紧张，啥也听不见，啥都忘了，记不得了。

其中一个同学不无嘲讽地说：天！她竟还记得会说对不起。

一切都过去了，随着时间的流逝，所有的都在淡忘，一切都不再那么重要，但那段没有太多欢乐的青春还是给我留下了一个苍白的疮疤。

究竟那样的岁月该怎样过，自己曾经很是厌烦那些毫无意义的活动，总觉是在浪费时间精力。用那么多的晨读时间去背那些枯燥的条条框框，究竟能有多少收益，我至今不知。

曾经也很厌烦清晨的跑操，朦胧中，还没有睡醒，喇叭里便响起了冲锋的号角，那滴滴答答的小号是战争片中胜利的号角，是一种喜悦兴奋。但放在早晨，让它成为唤我们起床的号角，便不再激扬美妙，而是一种聒噪。虽然现在早不用听号起床，但至今仍是条件反射，听到它便有说不出的心烦气躁。

单调枯燥的校园生活，就在自己愿与不愿，乐与不乐中一闪而过。好在我安然地度过那段岁月，没有错走歪走那段需要关怀的羸弱的青春。

那段时间，书让我安静下来，有了自己的心灵的收获，书永远都是人们最真挚友好的朋友。

我想告诉那些仍处在青春时期在校读书的孩子，无论青春怎样如鸟雀跳跃，都应多读书。你可以有很多的朋友，但书这位不语的哑友，对你却是最真诚无私的。它不会让你远离人群，智慧，从而永远推你向前。

选自《语文周报》2013 年第 16 期

> 我从不质疑书的力量，就像我始终相信朋友一样。青春路上的迷茫和躁动，人生路上的坎坷和纠缠，都可以用书的力量一一化解！

我不是"输"的代名词

文/冠豸

只有一条路不能选择——那就是放弃的路；只有一条
路不能拒绝——那就是成长的路。

——佚名

李素="李输"

李素已经上五年级了，可是班上的同学开口叫他"李输"，闭口叫他"输生"，听在旁人耳中，还以为是尊称"李叔""书生"，可是李素知道，他的同学哪会尊重他呀？

当然了，这也不能怪李素的同学，如果一定要怪，也只能怪李素自己。同样在学校，在一个班级上课，别人考试都有八九十分，特别是几个女生还经常考满分，谁让李素总考个三四十分的成绩来垫底呢？考分低并不仅仅是李素一个人的事，他的分数往往拉低了班级的平均分。就因为他，班上从没有拿到过学习上的流动红旗。班上的同学哪个不恼怒他呢？

几任接手的老师暗自叹气，虽然一次次找李素交流，一次次提出要帮他补课，但李素嘴巴上说好，却没有实际行动，家长也不尽心尽力配合，老师没辙了。班上有同学提出要结对子，几个人一起帮助李素，但李素嘲笑他们是"吃饱了撑的"，把同学们高涨的热情打击得无影无踪，气得再也不想搭理他，纷纷指责李素不知好歹。

李素就像那浸水的牛皮，任班上的同学怎么说他，甚至集体孤立他，他也依旧我行我素。久了，大家也就习惯了李素的所作所为，甚至当他不存在。几个爱闹的男生调侃李素是"李输"，说他拖班级后腿，有他在，班级的集体比赛尽是"输"，李素满不在乎地嚷："输就输嘛，不就一场无聊的比赛，有什么呢？"

既然李素这种态度，大家也就纷纷叫他"李输""输生"了，这一叫，已经有一年了。

天上掉下个"林妹妹"

林洁如转学来时，在班上掀起了一股浪潮，众女生纷纷效仿她的穿衣打扮，就连发型也弄得和她差不多。而男生奔走相告，集体合唱："天上掉下个'林妹妹'！"

林洁如长得特别可爱，大眼睛，长睫毛，就像个"芭比娃娃"，而且她是从上海转学过来的，更是让大家好奇。每天一下课，总有一群同学围着她问东问西。

林洁如性格好，她总是笑脸盈盈地有问必答，遇见她不知道的事情，她也会诚实地说："我也不知道哟！没去过。"林洁如的诚实更是赢得了大家的好感，她虽然从大城市转学来，但一点架子都没有。

在一群热闹的同学中，林洁如过得很快乐，而且性格开朗的她很快就融入了班集体。李素从来没有主动和林洁如说过话，但他也和其他男生一样，对漂亮可爱的林洁如充满了好奇。不知怎么的，一向对任何事情都抱着"无所谓"态度的李素，突然就有些在乎起来。特别是有同学再叫他"李输"时，他会恼怒。

林洁如来了一段时间后，也发现了在众人中格格不入的李素。她有点想不明白，这个与自己年纪相仿的男生，他是怎么了？看他表现出玩世不恭的样子，而眼底却藏着浓浓的忧伤，虽然他极力在掩饰，但在有意无意中还是悄然流露出来。

路遇"林妹妹"

一天放学后，林洁如去琴行练琴，待她出来时，天色已暗，夜幕降临，一盏盏路灯就犹如一朵朵绽放在暗夜中的白莲花。在路灯的清辉下，她看见一个熟悉的身影，于是好奇地加快脚步赶了上去。

"李素！等等我，我是林洁如。"

在路灯下玩耍的男孩儿正是李素，他刚才已经回了家，但还没进门就听到父母正在激烈地吵架，当他推门想进去时，又听到"噼里啪啦"摔东西的声音，于是胆战心惊地退了出来，跑到街上玩。他不想回家，那是一个让他深感不安的地方。

听到有人叫唤，李素回过头，原来是新转学来的"林妹妹"，于是难为情地低头不语。

"李素，我是林洁如，我是你的新同学，认得我吗？"林洁如真诚地说。

"嗯！"李素点点头。

"你怎么这么晚了还在街上呀？"林洁如好奇地问。

她不说还好，一提到这事，李素就浑身不自在，但他不想被"林妹妹"看出来，于是又装作满不在乎的样子说："我喜欢在街上玩，有趣呀！"

第一次和林洁如说话，李素既紧张又开心，他一直偷偷打量走在身边的林洁如，暗想：真是天上掉下个"林妹妹"，好可爱的女生！

有林洁如陪着说话，李素黯然的情绪又活跃起来。

在岔路口分开时，林洁如关切地说："早点回家哟，父母会等急的。"

看着林洁如离开的背影，李素的眼眶莫名濡湿，就算他不回家他的父母也不会急的，他们已经争吵了两年。两年，七百多个日日夜夜，犹如一场冗长的噩梦。

"李素，大家为什么叫你'李输'呢？"林洁如的问话一直回响在耳畔，李素自言自语："是呀，我为什么是'李输'呢？我怎么就什么都不在乎呢？我到底在乎什么呢？"一想到在家里吵到鸡飞狗跳的父母，李素的心又沉甸甸了。

你不是"输"的代名词

有了一次偶遇，林洁如对李素突然就关心起来。这个心地善良的女孩知道，这个看似什么都不在乎的男生，其实他很在乎，他一定是遇到了什么事情才这样自暴自弃。

班上的同学看林洁如主动找李素说话，于是把她拉到角落，悄悄把李素过往的行为添油加醋地述说了一遍。

"你们了解过原因吗？他为什么会这样？"林洁如问。

一句话问得大家面面相觑，哑口无言，谁也不曾了解过原因就集体把格格不入的李素排除在外了。

"我们一起帮助他吧，真心实意地帮助，我想没有人会喜欢'输'的，对不对？"林洁如的号召得到大家一致的响应。

林洁如放学后又偶然"巧遇"了李素几次，他们一路谈笑风生。李素紧闭的心扉在林洁如的善意下悄然无声地打开，有一次，他主动向林洁如道出了心里话。

"他们一直在吵，还摔东西，在家里我很害怕，但又不知如何是好……"

看着忧伤的李素，林洁如感同身受，她说："知道我为什么从上海转学回来吗？其实我面临过与你同样的事情……无论如何，都不要互相伤害。我们不能因为父母的原因自毁前途，对不对？你不是'输'的代名词。"

听着林洁如的话，李素呆住了，他没有想到，人人羡慕的"林妹妹"居然也有这样的伤心事，但更让他佩服的是，林洁如把一切都埋在心底，勇敢而快乐地生活。

用秘密交换秘密，李素和林洁如成了好朋友。李素也开始思考关于

"输"的事，回想过往的种种，他的脸红了起来。

李素变了

李素变了。

这是全班同学有目共睹的事情，大家知道这是"林妹妹"的功劳，但谁也不知道林洁如到底做了什么，她居然让一个自甘堕落的"李输"变得像是换了一个人。

李素脑子不笨，他以前只是没有目标，在父母天天吵架的家里充满恐惧，对学习的事根本不在意，当林洁如告诉他她曾经历的事情后，他想了很多。他知道父母始终是爱他的，他也知道自己的人生路终究是由自己去走，没有人可以代替，未来怎么样，就看自己努力不努力……

目标明晰后，学习起来就有动力了。李素希望自己能够和林洁如一样，做个快乐的积极向上的孩子。

努力过后总有收获，在李素期末考试取得巨大进步，老师表扬他时，李素红着脸却自信地说："我不是'输'的代名词，这是林洁如告诉我的，我觉得这句话很对。"

是呀，哪个成长中的孩子会承认自己是"输"的代名词呢？

选自《意林·少年版》2016 年 12 期

孩子的心灵是一扇小窗，打开这扇小窗看看里面的世界，内心总会波澜起伏。每个成长中的孩子都不想成为"输"的那一个。

他们也曾这样想过

文/告白

青春似一日之晨，它冰清玉洁，充满着遐想与和谐。

——夏多布里盎

高二上半学期，文理分科，我们原来分配好的语文老师被另一位新来的毕业生所代替。据说，她不但相貌出众，还写得一手好文章。

我在鱼龙混杂的文科班。这位姓冉名冰洁的大学生，还未到班上便已被传得神乎其神。第一堂语文课前，所有人都提前静坐，等着一窥其貌。

铃声已过了五分钟，这位满城风雨的"神人"还未出现。后排的"捣蛋帮"开始窸窸窣窣地议论，她是不是得知谣传，自觉形秽，不敢前来了？

这样的臆测一出，马上得到了所有男生的共鸣。他们开始哄乱，开始询问这传言的发起者是谁，欺骗他们的感情，下课得要此人好看。

正当一片哗然之时，一位素装长发的女孩径直走了进来。

我永远都记得，那个清晨的情景。微微的光亮穿透窗帘，洒在她洁白皱褶的T恤衫上，映衬着芙蓉一般的面颊。乌黑的发，被闭门时的清风悠然扬起。她焦急地迈着大步，穿过狭窄的走道，在一片坏男孩的口哨声中完成了初步的自我介绍。

我没有鼓掌，也没有吹口哨，无形中，被一种莫名的力量给吸引住了。

我开始读词研史，争取在课堂发问上，第一个举手站起来陈述答案，为的，只是获得她倍加赞许的眼神。如果，有那么一次，她将我的作文作为范文在课堂上朗诵的话，我会恍然觉得春风拂面，丝雨缭雾，心里有一朵卑微的小花即将落落绽开。

我尊称她为"冉老师"，但在我心里，并没有将她置于老师这个神圣的位置上。譬如，在没有人的时侯，我经常会不知不觉地在草纸上写满她的名字；即便之前心中盛满忧伤，可只要想起她，静静地对着那扇紧闭的门，心潮就会渐然得以平息。

由于我在文学上花的时间过多，导致其他学科成绩下降，严重偏科。班主任说，我得全面发展，不能顾此失彼。可我心里清楚，我顾不了那么多，我的心里根本就没有"彼"。

后来，她主动找我谈话了，站在暖光漫漫的走廊上，我们面朝夏花，讨论着关乎人生大计的学业之事。我唯诺地点着头，心却像楼下的乱红一般，无由无故地落了一地。我多想，要是此刻我们谈论的不是学业，而是其他更为有趣的问题，哪怕什么都不谈，什么都不语，对着此情此景，那该多好！

那夜，我生平第一次失眠了。我恍然觉得内心已犯下了不可饶恕的罪孽——我将老师这一个神圣的影子，在内心给玷污了。

其实，那个暖气逼人的午后我并没有多想，只是单纯渴望能与她默默地并肩牵手，走至那条夏花盛开的小路尽头。不过，这已经不是一个学生该去幻想的事了。我知道，我的思想已经脱离了正常的轨道。

我爱上了我的老师。当我慌乱了几日后，终于得出了这么一个荒谬的结论。后来，有传闻说，她有男朋友了，并且将于我们毕业之后结婚。我附和着众人笑谈，心里却是一片模糊。

忧伤像一张密密的网，盖满了我的思绪。我开始努力不去想她的名字，不再去为她静坐，发呆一个又一个午后。我知道，我与她的距离太过遥远，即便我以光速追赶，也抵达不了她的心房，可我不愿就此放弃。

少年的心，坚韧而又易伤。我终于鼓足勇气，在课后的走廊上拦住了她，一脸笑容地问："冉老师，听说你要结婚了，是吗？"

她羞涩地点点头，旋即惊异地问道："你怎么知道的？"

我说，是别人告诉我的，接着，以最快的速度混入了忙乱的人群。

那天，一向循规蹈矩的我第一次逃课了。坐在野草丛生的山林中，我独自面对着流云暮色，无措地流起泪来。

之后，她来找过我，严肃地问我为何不去上课？我说，仅此一次，下不为例。她苦涩地笑笑，说知道错了就好，其实，我的意思是告诉她，以后再不会为她妄自伤神了。

内心空洞的我，急需一些事情来加以弥补，毫无疑问，学习、看书成了我的全部。我不敢让自己稍作停顿，因为只要有那么一秒间隙，颅内就会疯长出她的名字。

那一年多的时间，我几乎都忘了是怎么过来的。直到她欣然将大学录取通知书递到我的手里时，我才从那场困梦中苏醒过来。

所有同学都去参加了她的婚礼，唯独我没有。我说，家里来了亲戚道贺，实在脱不开身。

再后来，我去了北方念书，遇见了新的让我伤神的女子。不过，那段关于恋师的情节，我一直无法抛却，也无法从那片愧疚之洋中游弋出来。

十年后，同学聚会，俨然已各有家室。当我凭借酒劲，平缓地向当年一起同坐后排的几位坏男孩道出心声时，他们瞬间大笑。

"冉老师啊？我当时还悄悄给她写过情书呢！不过她没回信，哈哈……"

端着青花素白的酒杯，我忽然得以释怀。对于美丽之物，那个年纪的

　　　— 和青春里的那些委屈握手言和 —

我们，谁不曾如厮幻想过？这么些年的怀想与愧疚，彷徨和思索，原来都只是对青春私事的一种无辜惩罚。

选自《语文报》2014 年第 5 期

那些匆匆逝去的青春年华里，谁不曾有过一丝心动？乌黑的马尾、干净的校服、洁白的帆布鞋，甚至她的一块小小的橡皮擦都会让内心荡起层层涟漪。

童年的风筝

文 / 李莉

> 家庭的基础无疑是父母对其新生儿女具有的特殊的情感。
>
> ——罗素

小时候，每至清明前后，就见到天空中飞扬起各色各样的风筝。我和弟弟总是抬起头，一脸羡慕地看着那些天空中的风筝，心也随着那风筝飞去。

我和弟弟曾悄悄在街上问过风筝的价格，那个价格，对于我们不算富裕的家庭来说还是太贵了，懂事的我们从此不提要风筝的事。

可是，我和弟弟见到风筝时的喜悦，还是被爸爸看到了。爸爸慈爱地说："想要吧？我帮你们做一个。"我和弟弟惊喜不已，兴高采烈地跟在爸爸的身后，去买做风筝的纸。

爸爸一向喜欢做手工，而且总是喜欢挑战高难度的，这次也不例外。他告诉我们他要做在市场上也买不到的独特风筝，这让我和弟弟崇拜不已。

爸爸找来几根竹条，削薄，放在火上烘弯，绑好，然后糊上纸，做了一只大大的蝴蝶风筝，下面还拖着长长的尾巴。爸爸在上面涂上美丽的颜色后，一只五彩斑斓的蝴蝶风筝便出现在我们面前，我和弟弟欢喜地跳跃着，迫不及待地想要试试它的飞行效果。

我和弟弟在爸爸的带领下来到山坡上，山坡上早已有了不少放风筝的人。孩子们见到我们的风筝又大又漂亮，羡慕极了，纷纷围了上来。

风一吹来，我们松开手，风筝便飞了起来，可是还没飞到半空，便重心不稳地跌了下来。在大家的惊呼中，我的心也如同风筝一样，从喜悦变得失落起来。

爸爸却很沉稳地拾起风筝，说："没关系，重心不稳，我修整一下。"然后，他调整了风筝下面那长长的尾巴后，重新放飞，风筝平稳地升空，越飞越高，大家欢呼起来。有个小朋友说："真棒，自己做的风筝，街上可买不到这样漂亮的风筝。"我和弟弟牵着线，一脸的幸福和自豪。

那个风筝，陪了我们好几个春天。我和弟弟奔跑着放飞风筝，欢喜地看那美丽的蝴蝶在空中轻盈地飞舞，而爸爸，总是慈爱地看着我们的如花笑靥。

邻居见到那自制的风筝，笑着对我爸说："你的本事真是大，为了孩子，什么都会做。"爸爸便笑了："孩子一晃就长大了，能满足他们的，尽量满足，要给他们一个快乐的童年。"

现在，爸爸老了，他仍是一个疼爱孩子的老人，会带着孙儿到处玩一天。见到空中的风筝，他会乐呵呵地对他们说："以前，我也做过一只风筝，又漂亮飞得又高。"我在一旁听了，想起了多年前那只美丽的风筝，眼眶一下就湿润了。

我不会忘记：曾经有一只风筝，承载着父爱，温暖着我的那个清贫却幸福的童年。

选自《语文周报》2014 年第 65 期

对孩子的爱使父母是万能的，清贫并不能湮没父母的爱，反而会让父母的爱更强烈。

孝是一条向死而生的道

文 / 清翔

事其亲者，不择地而安之，孝之至也。

——庄子

孝道是一条什么道？是一条向死而生的道。

牵挂是行走在孝道上美的精灵，牵挂是人间至真的思，至真的情，至真的爱。当牵挂变成濒临死亡时的一份至孝时，却会出现向死而生的至情至爱的奇迹。

26岁的她是江苏吴江市人，一年前，她的病情突然恶化，她对死已早有准备，自己要安安静静地去，莫悲伤，以让已为她几乎耗尽心血的父母少受一些失去女儿的悲痛与折磨。可当她连说话的力气也没有了，真正面对死亡时，还是忍不住久久闭上眼睛，任泪水恣意横流……

父母用半生的心血来抚育她、治疗她，自己却没能尽一天孝心，这就撒手而去，让她如何面对生育她的父母？不，不能这样！一定要为父母做点什么，哪怕医生说自己只有三个月的时间了！

她申请了一个微博，经过深思熟虑后，发出了一条信息："病魔让我无法自由呼吸，我不害怕死亡，遗憾的是我没能给父母留下什么，没能尽一天孝。我想捐献我的眼角膜，可是有一个请求，请他（她）每个月用我的双眼去看望一次我失独的父母……"

"上帝给了我黑色的眼睛，我却要用它寻找光明"，她是要给将处在沉

　　　— 和青春里的那些委屈握手言和 —

沉黑夜中的父母一线光明。她的这条微博一经发出，就宛若电光石火般映入人们的眼帘，在备感刺目痛楚的同时，人们的心灵也受到巨大的震撼！

大家纷纷伸出援助之手，随之，是她接受采访，签署捐献志愿书……忙完这一切，她已是气若游丝。在她安心等待死神降临时，有好心人为她的父母提供了一条信息：无锡市人民医院可以做肺移植手术。就是这么一条弱弱的如萤火般的光亮，父母却将其作为燎火一般的希望之光，他们揣着女儿的病历连夜赶到无锡。

原来她患的是混合性结缔组织引发的肺纤维化病，到晚期患者会因呼吸衰竭而亡。接待她父母的是陈静瑜教授，陈教授仔细看了病历后，为难地说："一般进行肺移植的患者是由类风湿等病引发的肺纤维化，目前国内尚没有移植成功的先例。况且此病移植手术风险高，费用也至少要50万元……"见他们那极度期盼的眼神，陈教授又说，"你带她来看看，看看能不能拼上一回！"

在父母眼中，陈教授的话简直就是满天的光明！可上哪儿找50万元？为照顾女儿，他们已双双没有了工作。看来唯一的办法就是以房子作抵押去贷款了，她坚决不同意，父母却铁了心要救女儿。

当晚，她在微博上写道："父母卖掉房子为我筹钱动手术，可卖了房子，他们住哪儿？如果我现在离开了，他们起码有一个安身之处；如果我手术后离开了，那就把他们拖到水深火热之中了……这个房子不能卖！我唯一的愿望，是快点寻找到能接受我条件的眼角膜受捐者，然后安心离开。请求大家帮帮我！"是的，她已是一心向死，只想在到达生命终点前，铺一条没有女儿同行，能让父母蹒跚而行的路。

她叫陈婷。

孝行的道从来都是一条康庄道，陈婷的这条微博被一位多年从事慈善事业的网名叫"老猫爱生活"的网友偶然读到。那字字泣血，每一个字呈现出山一般高、海一样深的孝心，让"老猫爱生活"彻底震撼。他当即飞快地在微博上留言："我来帮你！请把你的联系方式告诉我。"然而一整天过去了，没有回音。善心生智的"老猫爱生活"很快意识到陈婷病危，已不能回复了。

次日一大早，陈婷的病房来了一位中年女子，她就是"老猫爱生活"。她曾经救助过一位患同样病的女孩惠妮，不幸的是，50万元手术费还没筹齐，惠妮就含悲离开了她无比留恋的人间。绝不能让惠妮的悲剧重演，"老猫爱生活"果断地对陈婷的父母说："先送无锡准备移植，钱，由我来筹！"

在"老猫爱生活"的热心帮助下，他们很快就收到爱心捐款20多万元。同时，无锡市医院、无锡市红十字会、无锡市政府，也都伸出热情善良之手，短短几天，筹得的善款就达30多万元。陈静瑜教授还为陈婷争取到外地治疗的医保报销，肺源也幸运地找到了……

手术移植非常成功，半个月后，陈婷回到普通病房，面对父母和医生，她说的第一句话就是："自由呼吸的感觉真好！谢谢医生，谢谢所有好心人……"陈教授欣喜地对她说："不用谢我们，是你的孝心救了你！"

古人言："动天之德莫大于孝道。""孝道"是一条光明道，一个一心求死只为尽孝的人，会感天动地，向死而生。百善孝为先，孝道是我们做人的基石。

选自《读书文摘·经典》2014年第9期

> 百善孝为先。每一个人都应遵从孝道，这是立身之本。一个没有孝心的人，是不会成功的。

少年小鱼

文 / 侯拥华

世上只有妈妈好，没妈的孩子像根草。

——《世上只有妈妈好》

每天傍晚开晚饭的时候，小鱼就会从学校里溜出来，走很远的路，跑到网吧。他推开门，并不完全进去，只眼巴巴地望向吧台——他期待着我能抬起头看他一眼，给他一缕温暖的目光，或是浅浅的一个微笑。每次他来，我就会丢下手里的活儿，抬起头对他说："小鱼，你又想妈妈了？"

小鱼便很虔诚地点点头。小鱼每次来，并不玩游戏，他只是为了看我一眼，然后转身飞快地跑掉。

每次看见他消瘦的身影和寂寞的眼神，我的心就一颤，真想拥他入怀。

小鱼的家并不在这座海滨之城，而是在遥远北方的一座深山里。深山里，没有河流，也没有小溪，到处都是石头和树木。这条可怜的小鱼到哪里去游泳呢？

小鱼出生前一天，妈妈做了一个奇怪的梦。梦里是一个宽阔无边的蔚蓝大海，妈妈站在海边举目望向远方。一条调皮的小鱼在她的脚边轻轻咬着她的脚丫，不忍离去，第二天小鱼就出生了，于是妈妈便给他起了一个奇特的名字——于小鱼。

"小鱼是游向大海的，亲爱的小鱼，你什么时候才能在大海里游泳呀？"望着襁褓里不会说话的小鱼，妈妈禁不住这样对他说。小鱼听不懂妈妈的话，只会咿咿呀呀。

半年后，爸爸、妈妈离开了家乡，到县城里打工去了，把小鱼留给了爷爷、奶奶看管。为了小鱼游向大海的梦想，爸爸、妈妈有许多事情要做。

一年后，妈妈回来看小鱼的时候，小鱼已经会蹒跚走路了，可是小鱼还不会叫妈妈——他不知道妈妈长什么样子，或许他已经忘了妈妈的样子。妈妈只是抱了抱小鱼，亲了几口，很快就又走了。小鱼还没有和妈妈亲够呢，妈妈就走了，望着妈妈远去的背影，小鱼眼睛里只有空落落的失望。剩下来的时间，孤单的小鱼只有和年老的爷爷、奶奶为伴，而陪他玩耍最多的是院子里那只叫老黑的狗。小鱼一哭、一笑或者一叫，老黑都会冲黑洞洞的屋子汪汪地狂吠几声。多半时间，奶奶是不会出现的，奶奶有忙不完的活儿。

三岁的时候，小鱼被妈妈带到县城里上幼儿园，小鱼的幸福日子终于来到了。小鱼和爸爸、妈妈住在一间不足 10 平方米的小出租屋里，最大的家具就是一张双人床。屋子虽小，可是很温暖。

每天一早，小鱼就坐在妈妈的后车座上，一边和妈妈说话，一边用好奇的眼睛望向熙熙攘攘的四周。每天放学后，小鱼就站在幼儿园门口，盼着妈妈早点来接她回家，可是每天妈妈都是最后一个出现。天要黑下来的时候，妈妈才骑着一辆叮当作响的自行车慌慌张张地赶来。

6 岁那年，爸爸、妈妈和小鱼商量，要离开小县城到南方去。小鱼眼睛睁得大大的，不解地望着他们。妈妈看了看小鱼，高兴地对小鱼说："因为这里没有大海，我们只有把我们家的小鱼送到大海边，我们家的小鱼才会奔向大海，在大海里快乐地自由自在地游泳呀！"

为了小鱼成长的梦想，爸爸、妈妈把小鱼带到了这座海滨之城，然后把他送进一家临近海边的私立学校。一个月妈妈才来看望小鱼一次。

班里有几个像小鱼这样的孩子，想妈妈想得厉害的时候就会哭，可是小鱼不会。想爸爸、妈妈了，小鱼会推开窗户，让咸湿的海风吹进来，望一望远处的大海——他想，这一刻，爸爸、妈妈或许就在远处某一艘渔船上忙碌着。渔船很小，只能看见冒出海面的尖尖的桅杆。小鱼的眼泪便像咸涩的海水，扑簌扑簌，无声地默默地从眼睛里落下来，灌进嘴巴里。

此刻，小鱼的心里就像大海的波涛一样汹涌。班里有个叫小莫的男孩悄悄对小鱼说，想妈妈厉害了，他就会拼命地打游戏，只有沉迷在游戏中他才会把妈妈忘掉。可是，小鱼没有游戏机，但小鱼知道网吧里可以打游戏。

那个夕阳西下的傍晚，小鱼第一次找借口从学校里溜出来，跑了几条街道，才找到一家网吧。

推开门的那个瞬间，小鱼愣住了。小鱼望着坐在吧台后面的我，轻轻叫了一声——妈妈！

可我并不是小鱼的妈妈，只是和他的妈妈长得有点像罢了。

那天，我拉小鱼坐在身边，听小鱼讲他和爸爸、妈妈的故事。

再后来，每次看见小鱼出现在我眼前的时候，我就想流眼泪。

我没告诉小鱼我的故事。我也有一个和小鱼一样大的，长得虎头虎脑的儿子，现在他还在老家深山的一座石头房子里读书。我也想把他带过来，送进和小鱼上的那家一样好的私立学校。但是现在我攒的钱，还远远不够他来到这座海滨小城生活和上学的费用。作为一个背井离乡长年漂泊在外的打工者，这何尝不是一种奢望呢？

选自《考试报》2014 年第 4 期

我们看到的不止是一个孩子，而是无数个留守儿童内心对父母的渴望。可是在这样的大环境下，似乎也没什么更好的办法。那些出外打工的父母，又何尝不在想念孩子呢？

只在身份证上叫帖怡诺的姑娘

文 / 雪炘

名不见经传的战争，力所不能及的青春，沿途狂奔。

——张嘉佳

一

我就读的大学是民办贵族学校，有钱就能进，一年对外的广告费就成百上千万，学生中多见的是富家子弟。他们有一个共同特点，就是性格乖张、视钱财如粪土，什么事都敢做，而且喜欢欺负弱小和搞破坏。

云小雪可谓是当中极品。

云小雪是她的尊姓大名，在身份证上叫帖怡诺。初识她的人，都会迷糊，问她到底叫什么。她总回答得云淡风轻，身份证用来泡男人，本名本姓讨生活。

最初认识并记住她，是因为每次上课点名都缺她，直到点名结束后她才大摇大摆地走进来。最终使她一举成名的是有一次她在教室睡着了，上课时老师使劲点她的名，她被同学从梦中推醒，站起来就说："老子今天没兴趣！"

全班目瞪口呆。

"你叫帖怡诺？"老师扶了扶眼镜问道。

"我叫云小雪。"她清醒地说。

"那帖怡诺是谁？"老师又问道。

"我的身份证。"她回答说。

哄堂大笑把老师的眼镜都震掉了。

最终，我们了解到身份证上不是她的名字，但一直改不过来。

老师说："名字只是个代名词，以身份证为准。"

谁料，她立马说："老婆也是个代名词，你能允许自己老婆睡在别人床上吗？"

她家是做广告的，每年不算捐资，光免费给学校做大型广告，就够校长感恩戴德的了。所以，这件事也没引起事端，就那么过去了。

二

云小雪之前不住我们宿舍，搬过来也是因为我。

新生入学那天，因为我想用军训的时间给未完成的小说一个结局，所以不去参加军训这件事惊动了系主任。可是，他觉得我是来捣乱的，不会给学校带来积极因素。于是，我就和他顶了几句，校领导们就盯上了我，我的名字也开始被传颂。

最终，我在学期末代表学校参加全国文学竞赛，并且获奖了。表彰大会上，我夺过主持人的话筒说："社会要想和谐稳定发展，就必须严厉打击连表面都看不透的文化教育者，不能让他毁掉我们的青春和未来！"

云小雪第一个站起来欢呼，一个箭步飞上台，拎着我狂转好几圈，差点使我患上眩晕症。

此刻，全场掌声雷动，久不停息。

刚刚成人的黄毛丫头，哪懂反思和收敛，只知道谁让我不爽，我就跟谁斗争到底。但我爸每月工资就几千块钱，跟云小雪不能比，所以我早做好了卷铺盖走人的准备。

可是，学校始终没有追究这件事，大概不想不打自招吧。

自从云小雪搬过来，就使劲跟我拉同盟，最后我们宿舍变成了尽人皆知的共产阶级组织。除了牙刷和内裤，东西都是通用的，只要打声招呼，知道不是外人拿的就行。一个人出了事情，全体总动员，每次压轴的必是云小雪，因为她比我们都有杀伤力。

她的口头禅是，你是让老娘在这里杀了你呢，还是让老娘在床上杀你？最终，以最丑恶的形式，将对方杀个片甲不留。

半年总结下来，我们跟女生的交集为零，有点专搞男生的感觉。这得从云小雪的属性说起，她一个学期谈了21场恋爱，甩了23个男生，因为有两次是同时谈两个。我们还没有记住她上个男朋友，她就已经从下场恋爱里脱身，拉我们去酒吧高歌了。

大二那年，她说美术系来了个牛人，想考中央美院，结果考了六年才委屈来到这里，她想去认识一下。我们都纷纷摇头，让她积点德，别把自己玩得孤独终老了。

她便破口大骂，你们这群女人，只有被男人玩的份儿！

我们集体用力回击，切——

三

张晓峰，男，24岁，美术系10级（2）班学生，住在男生2号公寓222室。

经过追踪调查，云小雪将这组数据摆在我们面前。

舍友惊呼，果然是个二货。

我说，真是本命年，看来命中注定难逃此劫啊。

我们以各种形式见过他，瘦瘦高高的身量，长得干干净净，一派斯文的样子。我跟云小雪说，你真的要想好。我以前喜欢高个子男生，所以总是找班里最高的；我以为自己真的喜欢他，可他喜欢我后，我才发现从没喜欢过他。

云小雪大笑说，看到没有，女神也做过缺德事哎！

但她还是将缺德事一干到底。

我们宿舍跟男生 2 号公寓隔路相望，每晚熄灯前 6 秒，云小雪就打开窗户大喊，我叫冷然，对面的男同胞们，喜欢我的就留灯吧，我的心动男生是张晓峰！

此刻，只见对面楼上的灯瞬间全黑，她就彻底笑疯了。

她把宿舍每个人的名字，都这样循环喊一遍，后来每次熄灯前，对面的男生就把头齐刷刷地伸出窗户。

冷然是出名的急性子，看她总是雷声大雨点小，就把她的头摁在窗外，大喊，我叫云小雪，身高 150，体重 145；一头黄色短发，衣服黑色控；外配墨镜、口香糖和血红色唇彩。我从第一眼就喜欢张晓峰，不管你是否为我留灯，我都要去你家！

刹那间一片漆黑。

全体骚动、欢呼，云小雪和冷然打成一团。此刻，一道手电筒的光斜打进来，听见有男生喊，我叫张晓峰，身高 180，体重 136，喜欢穿白色的衬衫，是骑着王子的白马。我想留灯给你，可是电闸师傅不给力，明天中午湖边见好吗？

那晚，比除夕夜还举国欢庆，害校领导亲自来镇压。

四

我们知道那段话不是张晓峰说的，可他们的约会是万人瞩目的盛筵，不去岂不有损自己的招牌？

云小雪说，老子拼了，有种他别出现！

他真的来了，被五个男生押着。冷然在湖边打电话说，来了，来了，让小雪快点出来。

云小雪坚持凶悍的装扮，说她就是这样，爱喜欢不喜欢。

她站在222宿舍男生面前问道："昨晚谁喊的，给老子站出来！"

222集体说，你的心动男生，张晓峰啊！

她看看低着头的他，问他是否喜欢自己。

他狠狠看了她一眼，挣脱出舍友的扣押，转身就走。

为此，冷然追到他们宿舍，踩着凳子喊，躲？那你就别惹！惹？那你就别躲！

云小雪说，他妈的老子就不信，横空出世这么多年，竟然搞不定一个张晓峰！于是，她展开了空前绝后的攻势。

先是争取当上卫生委员，借机去他宿舍偷他的笔记本，不多不少520本；然后利用一切时间制造偶遇，不是把他的书撞一地，就是将他的饭菜洒自己一身；接下来直接跟他去上课，天荒地老，打死不走；最后是每天的爱心早餐、爱心水果，满眼都是"色色"的心形。

冷然说："至于吗？你平时不是直接拉回家吗？"

云小雪说："你懂个屁，他跟别人能比吗？"

是，别人三分钟就搞定，可他三个月都不肯和她说一句话，怎么能比呢？他也许是她今生最大的败笔，因为她已经失去耐心，跟一群男生去飙车了。可是，由于心情不好，她在路上出了事故。

此消息一出，全校奔走相告，成为特大新闻之一。而登上校园新闻头条的是张晓峰跑进医院，怒斥了云小雪一句："你是傻冒啊！"

五

他们在一起了，像古往今来最让人吐血的爱情传奇。

从此，各种秀恩爱的相片，每天随处可见。冷然说，云小雪别忘了，秀恩爱死得快。

其实我们担心的不是他们真的会死，而是云小雪能否珍惜来之不易的剧情。

这是她恋爱时间最长的一次，从那年冬天一直到第二年夏天，可最终他们还是分手了。她说他不懂浪漫，在一起没激情，她怕这种感觉。

她依旧呼朋唤友，宣告失恋，然后把自己喝得粉碎。

她说，你们知道吗？跟他在一起安静地待着，我就会一遍遍想起我妈，只辛勤照顾一个人的生活起居，却不懂一点点浪漫，最后还不是被我爸的新欢搞自杀了？所以，我对男人产生不了爱，只有恨……

她说，我妈姓云，那个公司也是云氏家族的，我爸开始连屁都没有，他配让我跟他的姓吗……

她的眼泪一颗颗滑落酒杯。

从此，张晓峰从我们的世界里消失，像不曾来过一样。她继续拉我观赏各种帅哥，只是再没交过男朋友，直到第二年开始实习。

张晓峰来找我，问："云小雪呢？"

"回上海了。"我答道。

"能留一下你的联系方式吗？"他说。

我愣了一刻钟，给了他我的电话，后来我们开始网聊。他每次都旁敲侧击问云小雪的近况，可我只知道她在自己家工作。

有一天他说："如果她需要广告设计图，我可以帮她画，以前都是我帮她画的。"

我心头一热，说道："明白了。"

六

2014年3月，有事去上海，云小雪留我住了几天。

我们躺在床上聊天，我说："张晓峰总是问你，我都不知道要怎么说了。"

她沉默一会儿说，我要结婚了，我不想玩了。"

我说："你不喜欢张晓峰吗？"

她说："现在说这些都没有用了。"

我说:"那时你说害怕没有激情,只是在平淡中做着缺乏浪漫的事,其实我也怕。可是后来,他说要帮你画图,感觉怕没人像他那么帮你的时候,我就突然想明白了。"

她说:"明白什么了?"

我说:"蔡琴讲过一个故事,她离异后,一个人居住。有一天外出,她看到一个穿着工装的男人在街头吃盒饭,一个女人捧着一杯水,坐在他身边看着。可能男人吃得太快,噎着了,女人连忙将水端上。这一幕,突然让蔡琴感动不已。这样的场景浪漫吗?不浪漫。这样的生活平淡吗?很平淡。但如果把它定格下来,就是特别温馨,充满幸福的画面。人生那么漫长,能一直陪在身边的,一定是为你默默端茶倒水拉被子的人。"

她默默地说了一句:"对啊。"

过了两分钟,她"嗖"地拿过我的手机,迅速给张晓峰发了一条信息:"你喜欢云小雪吗?"

手机一明一暗,始终没有回复,她已经忘记要如何呼吸。直到凌晨,他才打过来一句:"我一直都喜欢她。"

云小雪瞬间就哭了。

七

三个月后,我再赴上海,参加他们的婚礼。

我们打趣说:"张晓峰,你动作够快啊,三个月前还是光杆司令,现在人生大事一次性都解决了。"

他笑笑说:"托老天的福。"

云小雪在一边笑着附和,我们这叫天时地利人和,不结婚天理不容哎。

都说有爱的女人最漂亮,脸上都泛着幸福的光,我从没想过她能这样美。张晓峰将她抱上台,两人十指紧扣,说着恋爱的故事。

张晓峰原本家境不错,他从小喜欢画画,家里也很支持。他想考中央美院是真的，但不是传说中那样，而是在他高考那年，父亲突然身患重病。他帮母亲照顾父亲，直到父亲去世，母亲改嫁，他才想起自己的梦想。

通过亲戚介绍，他来到我们学校，想拾起画笔，可生活完全被云小雪打翻。他以为自己能挺过去，可这姑娘太凶悍，使他终究逃不过情感的魔爪。

云小雪离开后，他一边打工一边上课，总感觉生活被掏空了。看到那条信息后，他先把自己从头到脚整理了一番，然后才一字一句地回复。

他今年毕业，带着结婚证去领毕业证，感觉生活一下子就满满的。

云小雪在一旁笑出了泪光。

我以为你不会喜欢我，就像我不会喜欢你一样，可在转身之后才发现，你已经成为我生活的一部分。我们都有自己缺失的部分，上天安排这样的相遇，是为了能够彼此补充完整。不管岁月如何漫长，即使都是寒冷的夜，也能感受炭火浓浓的暖意。

从此，我不是我，你也不是你，只有我们是我们。

选自《新青年》2014 年第 11 期

所有的风光都会烟消云散，唯一记得的就是那段疯狂的日子，不管是谁喜欢谁或者不喜欢谁，都将成为过去。

一株爱做梦的狗尾草

　　知道高考分数的那个晚上，父母喝醉了，抱着我笑着流泪。我心里知道，这一年的时光，于我、于父母都一样是种煎熬。夜深时，我依旧坐在阁楼的窗前，望着窗外那轮明月，思绪万千。月光如水，空气中夹杂着夜来香浓郁的芬芳，远处时不时传来缥缈的歌声。这个温馨的月夜，我泪流成歌。

爱阳光

文 / 陈华清

哀哀父母，生我劬劳。

——《诗经·小雅·蓼莪》

你叫多多，母亲生你时，上面已有好几个姐姐了。在一贫如洗、没有男孩儿的家庭，你的第一声啼哭，在父母听来，不是一首生命之歌，而是哀歌。你被狠心的父亲丢到荒郊野外，远处饿慌了的狼瞪着绿色的眼睛虎视眈眈。是你不屈的啼哭声，是你没牙的老祖母拄着拐杖、颤抖着小脚，把你从狼贪婪的目光中抢回来。从此，你成了爹不疼，娘不爱的多余人。这一切都是因为你是个女孩子。

老祖母早已把家搬到坟墓里，这个唯一给过你爱的人永远不会再给你爱的阳光了。在没有爱的日子，你像荒原上的野草一样随风而长。你长成一朵野花，给你一点阳光就灿烂，给你一点雨露就滋润。你身上的青草味，你身上的芬芳，吸引了众多的目光。没有香车宝马，没有海枯石烂的誓言，他只是在你病倒时日日夜夜的守护，只是抓住你生满冻疮的手放进自己温暖的胸膛里，你就义无反顾地做了他的新娘。

你躺在他怀里幸福地说，我要给你生个像你那么壮的男孩儿，他热烈地回应你的幸福。可是上苍没有回应，你的肚子一如既往地平坦，没有幸福的起伏。当比你结婚还迟的小姐妹的孩子都背着书包上学时，你的肚子依然如你小时候洗衣服的搓衣板。

—— 和青春里的那些委屈握手言和 ——

痛苦在你左右，泪水在你周围，你们跑遍了大大小小的医院，吃遍了苦不堪言的所谓祖传秘方。最让你痛苦的是把水灌进输卵管，那种痛苦的膨胀把你折磨得死去活来。债台高筑，舟车劳顿，挖苦嘲笑，你一笑了之。

　　再疼再苦再屈辱都不能打倒你，你始终相信风雨之后才能见彩虹，凤凰涅槃之后才能重生。你的安琪儿在痛苦的尽头，等待你的拥抱。你要走过长长的炼狱才能迎接你的孩儿。不要让他等得太久、太累；不要让他等得累了、哭了。

　　也许是你的虔诚感动上苍，你扁平的肚子终于骄傲地隆起，隆成幸福的丘陵。这时你曾经秀丽的脸已是沧桑满面，鱼尾纹悄悄爬上你的眼角。

　　丈夫要你在家好好养胎，他要兼职打多份工，赚更多的钱给你们的安琪儿。你不同意，你的水果摊停留在街头的时间更长了。只要抚摸隆起的幸福，日晒雨淋，风刀霜剑，行走困难，所有的艰辛都化为乌有。

　　离你的预产期还有一周的时间，丈夫要帮人送一车货到广州。临走，他俯在你的肚子上，触摸他顽皮的拳打脚踢，对你肚子里的孩儿说，乖乖地待着，爸爸很快会回来。他没有乖乖地待着，当晚就在你的肚子"大闹天宫"，他要提前来到人间。你束手无策，在黑夜中挪着胀得几乎迈不动的脚步，拦住一辆三轮车独自来到医院。

　　阵痛把你折磨得死去活来，医生说你是高龄产妇，有难产征兆，建议剖腹产。一想到那高额的剖腹费用，你摇头了，"有什么不测，后果自负！"医生冷着脸扔下这句话，也冷着脸由你叫喊疼痛。

　　那一夜的生产，仿佛炼狱般，你拼尽了平生所有的力气，甚至愿意用自己的性命换取你孩儿的生命，你盼望多年的孩儿才来到人间。他没有用啼哭声宣告他的到来，不哭不闹，全身酱紫。医生说，产程过长，婴儿窒息，呼吸困难，生命危险，必须马上送新生儿区治疗！

　　你没来得及看他一眼，他就被抱走了。你继续留在产床上，生产时你的会阴被严重撕裂，伤口有几公分长，医生一针一针地给你缝线。孩儿生死不明已是一痛，锋利的针头不停地在你没有打过麻醉药的肉身上穿插，又是一痛。

在产妇休息室，你伤口发痛，乳房也肿痛，看到别的孩子津津有味地吮吸母亲的乳汁，你的乳房更痛了。乳房不断膨胀、肿痛，乳汁如泉涌，湿了你的衣服，湿了你的心。

再撕心的痛也无法阻止思念的脚步，你忍住疼痛，艰难地上到十楼的新生婴儿治疗区。哪个是我的儿子？你焦急地问护士，她告诉你哪个是你儿子。你不能进去，只能站在门口远远地望着。室内有很多保暖箱，用透明玻璃制作，每个保暖箱里睡着一个新生儿。

他们都不穿衣服，只是包着纸尿裤。儿子赤裸着身子睡得正香，头上贴着药用胶布。七斤重的儿子跟其他如小猫大小的婴儿相比，显得很是抢眼。你贪婪地望着保暖箱里的儿子，觉得这是世上最美、最温馨的画面。

儿子，儿子！你内心呼唤着，多么希望他睁开眼睛看看你，多么想他小小的身子躺在你的怀里，贪婪地吮吸你的乳汁，吮吸你对他所有的爱恋，发出吧唧吧唧的快乐。

你给他起名"佶佶"，希望他健康成长，一生吉祥如意。

儿子两个月大的时候，你发现他两眼无神，有意把彩色的东西放在他眼前转来转去，他眼珠呆呆的也不会跟着转动。比他小一个月的表妹，一拿东西在她眼前晃她的眼睛就跟着转来转去，非常灵活。你一惊，带儿子去看医生。医生诊断可能是大脑有问题，CT扫描得出结论是脑积水。

从此，你抱着小小的儿子开始艰难的治疗，每天做高压氧，打脑活素。儿子太小了，小到几乎找不到血管。每次吊针，找血管，扎针，儿子拼命挣扎，哭闹个不停。有时扎了好多地方，还是找不到血管。那针头扎在儿子身上，疼在你心里。他的头上、手上、脚上都布满了密密麻麻的针眼，这里一块胶布贴着，那里肿得老高。

儿子三岁了，会走路了，但是还不会说话，小表妹不到一岁就像只小麻雀，整天叽叽喳喳个不停。你又带着儿子去看医生，医生说是脑瘫！你没有瘫倒，又开始新一轮的劳碌，四处求医，就像你当初要怀他那么艰辛。

儿子五岁了，终于会说话了！你高兴地抱着他又哭又笑，觉得阴沉的天都在暗地里对你微笑。

儿子上幼儿园了，很是狂躁，不肯进教室，也不跟其他小朋友玩，喜欢自己一个人跑到某个角落独自玩。儿子的表现叫你很是担忧，你又带他去医院检查。医生怀疑是儿童自闭症，叫你带他去拍 CT，一到 CT 室，儿子马上跑了，你跟在后面追。

这是第几次做 CT 了，你都数不清了。小的时候还好，打一支针他就睡觉，就在他睡熟的时候拍 CT。现在大了，打了针、排队，好不容易轮到你们了，药却失效了，你和他爸爸根本抓不住他。每次带儿子做 CT 就像打一场仗，心力交瘁。

CT 报告结果，你的儿子真是儿童自闭症！教授告诉你，儿童自闭症又叫孤独症。患有自闭症的孩子，如果不能获得康复，会造成终生残疾，成为家庭、社会的负担。这种孩子读书了，别指望他像正常孩子一样门门功课优秀，考不及格是常事。好心的医生还提醒你，孩子得了这种病，按照政策可以申请生第二胎，他可以帮你开证明。

你谢绝医生的好意。你要专心照顾好儿子，让他健康地活着，不能让他成为社会的负担。听说网上有介绍自闭症的资料，有治疗自闭症的案例，你买了台破旧的电脑，学会了上网。

给儿子治疗成了你生活的关键词，什么偏方、秘方都试过了。只要听说哪里能治疗自闭症，你就带着孩子千里迢迢地赶去。

听说市妇幼保健院有治疗自闭症的统感训练，你马上带上儿子前去。你的家离保健院有 100 公里远，每天你早早带儿子乘车到训练室，训练完又带他回来。你有晕车症，每次都吐个半死不活，累不堪言。才训练几天，儿子就不肯去了，一到"儿训所"门口，他就死死抓住门把不肯进门，嚷着要回家。

见你不为动，他继续哭啊、闹啊，在地上打滚，几个人都镇不住他。儿子声声的哭叫，如刀剑刺在你心上那般疼。你狠狠心，用力把他推进去，趁老师拉住他的时候，赶快跑出去。然后，你躲在一旁偷看他，直到老师把他架进训练室再也听不到他的声音，你才忍泪离开。

你听说广州儿童行为中心的邹教授是这方面的专家，便带上儿子风尘仆仆地赶去。雨大路滑，出了车祸，你虽然捡了条命回来，双脚却再也不像以前那样行走自如了，但你对儿子的爱一如既往。此生此世，你对他的爱就如阳光，如雨露般，永不枯竭。

你知道这世上有不少像你儿子这样的自闭儿童，你在网上开了个博客，叫"爱的小屋"。你把这种特殊的经历记录下来，作为一份礼物送给儿子；收集关于自闭儿童方面的资料放在博客，提供给有需要的人；跟自闭儿童家长交流心得体会，让关爱多一些，让痛苦减少一点。

你在博客里写道："宝贝，无论你是怎样的我都永远爱你。如果说母爱是一条河，我愿意为你静静地流淌，汇聚成爱的汪洋大海；如果说母爱是一棵树，我愿意为你撑出如盖的浓荫，为你遮风挡雨。小屋虽小，但是有爱就是欢乐的天堂！"

选自《唐山文学》2015 年第 3 期

> 母爱是伟大的，母亲都是这般坚韧和执着，如果这世上有最后一个人还爱着自己的话，那个人肯定就是母亲。

舞 者

文 / 李红都

> 人生的道路都是由心来描绘的。所以，无论自己处于多么严酷的境遇之中，心头都不应被悲观的思想所萦绕。

——稻盛和夫

一

认识她，是在牡丹广场教跳肚皮舞的一个公益性舞蹈沙龙中。

那晚，我和十几名学员跟着肚皮舞教练学完《印度新娘》后，练功服已被汗水沾湿，紧紧地贴在身上。我掏出纸巾擦汗的时候，有位老学员走过来跟我聊起天来。

交谈中，我发现她的听力也不好，同病相怜的感觉让我们的心一下子靠得很近。回家后，我们互加了对方的 QQ 号。

她就是辉，一位名字很阳刚，性情却非常柔媚的中年妇女。

辉算不上漂亮，但很耐看。水汪汪的大眼睛，娇小的身材，肤色很白，一头乌黑的秀发随意地在脑后挽了个蓬松的"马尾巴"，远远看去，青春靓丽。但是，当光线强烈的时候，辉眼角边的鱼尾纹就会悄无声息地透露她的真实年龄……不错，她已人到中年，比我还大两岁。

大我两岁的辉，学跳肚皮舞也比我早两个月，每当我动作做不到位的时候，辉就会像教练一样帮我校正舞姿。肚皮舞基本功中的"大S"和"骆驼"等姿势，对我这样没有舞蹈基础的人来说，绝对属于高难度的动作，但辉却能做得非常准确，身体柔软得像没有骨头似的。

教练经常夸她，辉听不到，总是等众人的目光齐刷刷地射向她，还有人对她打出"剪刀手"或竖起大拇指的时候，她才明白是怎么回事。

辉和我一样，听不到音乐，跳舞不是跟着音乐跳，而是跟着前面的舞友跳。所以我俩即使去得很早，也从不敢站在前排，更别说独舞了。我跳舞的目的是为减肥，跳成啥样算啥样，辉跳舞的境界就高出不少，她说自己喜欢舞蹈这门艺术……

辉从小就喜欢舞蹈，在邰丽华还没因"千手观音"一举成名之前，她就想当一名聋人舞蹈家。可惜由于多种原因，这个梦想一直没能实现，现在年龄大了，这些也就看淡了。跳舞只图个精神上的寄托，喜欢跳肚皮舞，是因为这种舞蹈比其他广场舞更能展现女性妩媚性感的一面。辉说，如果有一天能上台过过"舞蹈演员"的瘾，不论有多少掌声，她都会很满足的。

二

辉听惯了的声音不是掌声，而是"轰隆隆"的机床声。辉是个标准的蓝领，在新区一家私企单位开铣床。

辉曾让我看过两个她珍藏多年的"红本本"，那是十年前，在某工厂当操作工时，单位颁发的先进证书。先后两次当选个人先进的辉，在那场轰轰烈烈的国企工人下岗风浪中，也成了企业改制的牺牲品，拿到一万多元工龄买断费后，辉成了没有单位的自由人。

我问辉，怨不怨单位？她笑笑："怨又怎么样？不怨又怎么样？改革要减员，我听力弱，竞争力差些，减掉就减掉吧，只要人不懒，到哪儿都有饭吃。"辉有饭吃，这不假，但没多久我就发现，她这碗饭吃起来也真不容易！

那晚跳舞，辉比平时晚了半个小时才来，来的时候，还戴着副茶色的太阳镜。我笑她："晚上还戴太阳镜臭美。"辉不好意思地摆摆手，摘下眼镜叫我看……天哪，她右眼皮上方有道已渗出血的划痕！

"怎么了？"我吃惊地问。

"开机床，飞起的碎铁屑划破的。"辉重新戴好眼镜。

"给单位说了吗？给你开两天工伤假休息一下。实在不行，请两天事假吧。"

"公假可不敢说，那是私人单位啊，我听力不好，老板能留用我工作就不错了。事假也不敢请，工资才一千五，再扣就更没钱了。"

她的一番话，说得我心里酸酸的。

"不说了，不说了，快跳舞吧。"她笑着催我，我俩就一左一右站在后排，跟着前面的队员跳了起来……

转眼到了春天，我上网看到"河洛文苑"版主洛神在征集文苑7周年年庆的节目，想起辉那个想上台表演的梦想，我便向舞蹈教练刘老师提议，由她带着我和辉一起参加文苑周年年庆联欢会。刘老师爽快地答应了，辉知道后喜上眉梢。

表演进行得很顺利，文苑网友"千雨荷""春雨""风行疾走"等网友为我们拍了很多表演照，我一一拷贝下来，从QQ上传给辉。辉从网上发过一个感动的表情，打出一行话："谢谢你，谢谢摄影师们，看把我拍得多漂亮啊。我终于有了舞蹈表演照。"

三

那晚，我们又去广场跳舞，老师有事没来，看看时间尚早，辉很热情地邀请我去她家做客。

听到我们进门的声音，辉的母亲走了过来……不，应该说，是摇着轮椅过来的。我心里一惊。

辉推着母亲进了卧室，我跟着走进屋内，在沙发上坐了下来。屋里光线很好，我这才发现辉的母亲双眼都是白茫茫的。辉的父亲戴着老花镜在看报纸，见我进来，点了点头，又低头看起报纸。辉的女儿正在另一屋写作业，怕影响孩子学习，我和辉打着手势聊了起来。

"你母亲眼睛不好？"

"是呀。去年做过一次手术，效果不好，看东西仅能看到轮廓。"

她母亲听了听这边没声音，就摇转轮椅，侧耳倾听电视里的说话声。

我不经常用手语，复杂的词汇打不出来，辉便找来纸和笔，开始和我笔聊。笔聊中，我得知她母亲身体一直不好，几年前，腿不知什么原因痛得走不成路，后来眼睛也出了毛病。茶几上那凌乱散放着的几个白色小药瓶就是母亲常备的药品，高昂的医药费，让这个原本已很清贫的家庭雪上加霜。

正说着，一位年龄比辉稍大些的中年女人走进屋来。辉向我介绍道："这是我姐。"女人"哇哇呀呀"地跟我打了个招呼，在沙发旁的板凳上坐下来。

辉的姐姐也是听障人，听力比辉还差，所以她基本上不会说话，上的是本地的聋哑学校，初中一毕业就接母亲的班进工厂当了名工人。辉的姐姐很健"谈"，手语加笔谈，让我了解了更多辉的生活。

辉和姐姐一生下来听力都不好，辉聪明，靠着残存的那点听力，居然也学会了说话，辉和姐姐参加工作后，都找到了健听人做伴侣。可惜，孩子未满三岁，辉和前夫的婚姻就出现裂痕。离婚后，辉带着女儿搬回娘家，和父亲一起照顾体弱多病的母亲。

一大早起床准备一家的早饭，然后侍候母亲洗漱，吃完饭送孩子上学，自己再匆匆赶到新区工厂上班，下班后再赶回家做饭，晚上还要给母亲熬药、按摩，检查孩子作业……这就是辉持续了很多年的生活状况。

辉像个上足发条的陀螺，在生活的逆风中拼命地转着，越转越瘦，瘦弱得仿佛风刮得大一些，就能把她吹跑了似的。已出嫁的姐姐看着心疼，主动提出每晚都回娘家帮忙，让辉晚上有个自由支配的时间，放松一下。辉选择的放松方式就是跳舞。

辉的姐姐夸辉手巧，会裁剪，善针织。怕我不信，她翻出压在箱底的几件辉亲手织出的披风和外套。辉自豪地把针织衫披在身上，果然既合身又漂亮。看着辉被那件勾花针织衫衬得年轻妩媚的笑脸，我心里的感动越发得浓厚起来。

我问辉："你这么累，一定觉得很苦吧？"

"以前也觉得苦，现在不觉得了。父母双全，姐姐疼爱，女儿也好学、懂事，说她长大了要当列车员赚高工资让我过上好日子。晚上还可以去跳时尚的肚皮舞，过得很充实，很快乐……"

我的眼睛湿润了……残疾、贫困、离婚、下岗、老人行动不便，这些常人眼中的倒霉事辉都摊上了，但她并没有因这些愁苦而失去热爱生活的激情。

她懂得自食其力，用劳动赚取衣食所需，还学会了烹调、针织和裁剪，把清苦的日子过得有滋有味。她有亲人在逆风中相依为命，有孩子在贫寒中懂得奋进，她还从跳舞这个爱好中找到了调剂生活的方式和乐趣……真不知世上还有什么艰辛困苦能打败这样的女性？

不错，辉不是舞蹈家，却是一位生命的舞者。她的人生本是一首低沉、忧伤的乐曲，她却以乐观、积极的心态，顶着生活的逆风，舞出昂扬的精神和令人赏心悦目的姿态，这感动了多少像我一样走进她生活中的人。

从辉家出来的时候，已是夜里10点多了，辉怕不安全，一直把我送到平时跳舞的广场路口，这才挥手向我告别。我加快步子向家走去，在经过每晚跳舞的那片空地时，我仿佛又看到了辉伴着听不清楚的韵律，跟着大伙翩翩起舞的身影。

选自《语文报》2015 年第 3 期

一个深陷生活的沼泽，却依然翩翩起舞的人，一定是积极并且坚强的。生命就是这般坚韧，只要心是阳光的，生活便一定充满阳光。

"高四"，泪流成歌

文 / 罗光太

青春是美妙的，挥霍青春就是犯罪。

——萧伯纳

一

我没想到会在高考时败得那么惨，我的状态很好，还以为自己考得不错，但分数出来时，我却是欲哭无泪。看着身边那些考得好的同学，看着他们灿笑如花的脸，我真想把他们扔到撒哈拉沙漠去，或是自己挖个地洞躲起来。

我木然地坐在床上，望着雪白的墙，大脑一片空白。我想不明白，为什么只有 520 分？和我自己的估分相距遥遥，而那些原本成绩和我差不多的同学都考到了 600 多分。我怀疑会不会是分数弄错了？或者只是一个同名同姓的另一个人的分数，种种假设，我骗不了自己，准考证上的号码我能倒背如流，又怎么可能是看错分数？

我一天一夜没吃饭，连门也没出，绝望得只想结束此生。见我如此消沉，在劝了几次无效后，父亲终于动怒了。他情绪激动地骂我，说我不争气，问我这样要死要活的做给谁看。而我心里堵得慌，口不择言地和他吵了起来，跑出家时还扬言再也不回来了。

我跳上一辆公交车，在城市另一边的终点站下了车。没有目的地，我只想离开家，不想看见熟悉的人。游荡一阵后，我逛进了附近的网吧，那里于我是个安静的港湾。直到第二天早上，口袋里的钱所剩无几，而人也昏昏欲睡时，我才恍恍惚惚地离开网吧。

回到家，家门紧锁，在我一遍遍敲门时，邻居的阿姨出来，一看见我就惊讶地问："孩子，你跑哪去了？现在才回来。还不赶快去人民医院，你父亲昨晚上到处找你，出车祸了……"没听她说完，我就往医院跑去。

到医院时，我碰到了从老家赶来的二叔，他带着我找到了焦急地等在手术室外的母亲。我低低地叫了一声"妈"，母亲转过头冷冷地盯着我，满眼的无助，满脸的泪水，她挥手就打了我一记耳光。

经过 6 个小时的抢救，父亲的命是捡回来了，但他永远失去了左小腿。后来，小姑告诉我，父亲看我半夜还没回家，打我的手机又关机，于是慌乱地四处寻找，担心我想不开去做傻事。他骑着摩托车满城地找我，凌晨，在街上的拐弯处撞上了一辆早起载菜的农用车……

那段日子里，我担起了照顾父亲的责任。但无论怎么做，都无法减轻我内心对父亲的愧疚。一夜长大，说的大概就是我这样的孩子，我终于明白父母比我想象的还要爱我。

二

8 月份时，大家陆续收到了大学录取通知书，我没有填报志愿，母亲要我回去复读。我本是成绩不错的学生，还是校学生会的宣传部部长，如果现在以一名"复读生"的身份回去，颜面何存？

我只希望能早点出去打工，18 岁的我要为父母分担些压力，因为更糟糕的是，肇事司机跑了。由于当时天还没亮，没有目击者，而父亲被车撞时又没看清车牌号码，所有的医疗费用就得自己支付。家里经济拮据，我不想再让父母因为我发愁。就算下一次考上大学，大笔的学费又从何而来呢？

见我态度强硬，母亲一直抹着泪水。一天，考上大学的同学举办"谢师宴"，他们也特意过来请我。我把他们拒之门外，心里的痛无法言说。站在阁楼的窗前，望着昔日同学远去的背影我默默流泪。我曾经那么骄傲，现在却是别人茶余饭后的谈资笑料了。

还在住院的父亲知道我拒绝复读时，状态刚好点的他气得要一把扯掉身上的输液管，说："这就是你对我的回报？"那忧伤的眼眸刺得我心疼。我站在父亲的面前，低着头，看着他空荡荡的左小腿裤管，眼中噙着泪。

"如果你执意不回去复读，我也不治了，一家人回去等死。"父亲下了最后通牒。"小磊，你真的要逼死你父亲吗？你好好回去复读，砸锅卖铁我们也会供你的，你要读出个名堂来……"母亲哽咽道，眼睁睁地望着我，父亲也看着我。

我抬起头，又垂下，脑海中倏地浮现出高考前我在全校大会上代表毕业班学生作报告的场面。学校里每个人都认识我，一个别人眼中所谓的"优秀生"，居然成了"高四"学生，我实在不敢想下去……

"我知道你会难为情，可就不能从头再来吗？有的人考了几年才考上，你为什么就不可以再试一次，多给自己一次机会呢？"父亲态度缓和下来。看着父母乞求的眼神，我咬着牙，重重地点了点头："我接受你们的安排。"

高考失利，责任在我，怎么可以让我的父母替我背上沉重的包袱呢？而内心深处，我又如何割舍得下我的大学梦？所谓的"面子"都是自己替自己挣的，别人怎么看终究是别人的事，和我的人生无关。我下定决心，回校复读，开始我的"高四"生涯。

三

我回校复读的消息像风一样传了出去，很多老同学都发来短信鼓励我，说他们会在大学校园里等着我。

熟悉的校园里，我已经是一个"高四"生了，面对别人或热情或故意的询问，我一概不予理睬。曾经光芒四射的学生会宣传部部长，现在只是一个"高四"生，异样的目光如芒在背，但我努力坦然自若。

学校安排我插班复读，当我第一天进到我复读的班级时，遇见了一个我实在不想在这种情况下遇见的人——程樱。她曾是学生会的宣传部副部长，原来我们经常配合完成学校安排的工作，算得上是合作默契的工作伙伴。

如果我们仅仅只是这样一种工作关系，我是不会在她面前难堪的，更重要的是，程樱曾经喜欢过我。她给我递过纸条，邀我出去玩，甚至曾勇敢地当面向我表白。而我对她没有这层意思，而且当时面临高考，我冷漠地拒绝了她。我对她说："我是要考大学的，到清华来找我吧！"

我的拒绝不算生硬，却同样伤透了她的心，她是一个"有仇必报"的小辣椒型女生，被我拒绝后，面子上过不去，就辞去了学生会的工作。她当时还曾扬言，会恨我一辈子。

程樱看见我时，惊讶得像大白天遇见了鬼一样。或许吧，在高中校园里再看见我，对于她无异于大白天见鬼。连我自己都不相信，我会没考上大学，会回来复读。

"小磊？你……"程樱连话也说不利索了，我怔怔地看着她，做好了接受她暴风骤雨般的打击和讽刺的准备。只是出乎我的意料，程樱并没有对我冷嘲热讽，目光中反而满是怜惜和疼痛。此时的我讨厌她这样的目光，让我觉得自己很可怜，甚至于可悲。

"小磊……"程樱轻唤我，我装作没听见，掏出书本，认真学习起来。对她的热情和友善，我没有感动，只有决绝，我希望她不要再来打扰我。我不需要安慰，只想安静地度过"高四"的时光。

四

我全身心地投入到学习中，唯有如此，才能让自己平静下来。我的

　　　　— 和青春里的那些委屈握手言和 —

成绩本来就不错，再复读一年，每次考试都能排在年级前几名。面对别人羡慕的目光，我一点欣喜也没有，我知道在高考考场上笑到最后的人才是赢家。

日子平静如流，我包裹着自己，艰难前行。

我以为自己可以把程樱抛在记忆之外，以为我们之间再也不会有交集。但有时候越想逃避，却越躲不开。

那天晚自习，当我来到教室时，程樱在和别人吵架，反正不关我什么事，我径直走到座位上看起书来。见我进去，大家都把目光投向我。我好奇地抬起头，心想：为什么大家都用奇怪的目光看我？我没觉得有什么不对劲的地方，又捧起书本看起来。

"程樱，你以为他会喜欢你吗？他连看都不想看你一眼，自作多情，我说他两句怎么了？不就一个复读生嘛！"那个女生刻薄地大声嚷道。"他不看我碍着你了？我就不允许你说他的坏话。"程樱也不甘示弱。

这些话灌入我的耳朵里时，我惊呆了，原来她们是因为我在吵架。

吵着吵着，程樱气不过，居然冲过去打了那女生一记耳光。那女生也挥舞着手臂扯住程樱的头发，两人扭打成一团。

有的同学开始在边上起哄，整个教室乱成了一锅粥。老师来时，那女生还骂骂咧咧："程樱，我跟你没完，我们的姐妹到头了。为了一个复读生，你居然敢打我！"程樱红着脸，不吭声。

我突然注意到那个女生原来是程樱的一个好朋友，之前，我拒绝程樱时她也在场。顿时，我的心又乱成了一团麻。我知道自己不能当作什么都不曾发生一样，想找程樱谈一谈，但又无法开口。犹豫良久，我给程樱写了一封信。

我告诉她，希望她能把高考放在目前的第一位。同时，我感谢她对我的维护，但也提醒她，有这一次就够了。她的成绩不错，正常发挥能考上好学校。高考失利那种欲哭无泪的痛楚，我不希望她也经历，这是我唯一能为程樱做的。

<h2 style="text-align:center">五</h2>

再次面对高考，我没有了最初的激情和狂热，也没有伟大的憧憬，只想踏踏实实地过好每一天，认真完成老师布置的复习任务。父母期盼的眼神就像我心中的一盏灯，时刻提醒着我：一定要考上理想中的大学。

天道酬勤，上天还是眷顾了我这个勤奋的"高四"生。再次高考，我终于考到了全市第三名的优异成绩。知道高考分数的那个晚上，父母喝醉了，抱着我笑着流泪。我心里知道，这一年的时光，于我、于父母都一样是种煎熬。

夜深时，我依旧坐在阁楼的窗前，望着窗外的那轮明月，思绪万千。月光如水，空气中夹杂着夜来香浓郁的芬芳，远处时不时传来缥缈的歌声。这个温馨的月夜，我泪流成歌。

选自《高中生之友·青春版》2012 年第 10 期

> 对于每一个经历过"高四"的人来说，那段岁月更像是一次蛰伏后的重生。

— 和青春里的那些委屈握手言和 —

比命运更强悍

文 / 雪炘

如果你浪费了自己的年龄，那是挺可悲的。因为你的青春只能持续一点儿时间——很短的一点儿时间。

——王尔德

又逢毕业季，我们唱着离歌，告别求学生涯。

一

公交车再次缓缓挪动，我已经被挤成空气，贴在车厢扶手处。

就业高峰期，刚走出学校的我，多多少少有些茫然。下了长途大巴，直接踏上通往城中心的公交车，只想赶快到家。但是，车里比夏阳暴晒更瘆人，可堪称桑拿浴。我试图挪动身子，来缓解被定格的神经，衣角却被扯得很死。低下头，一只手将我的衣服紧握于扶手上。

一个 20 出头的女孩，正专注地看着窗外，双手握着扶手。仿佛怕被丢弃一样，握得很紧，很牢。

我再次试图挪动身子，这一次是想抽出衣角，但没有成功。

她依旧专注于窗外。

我又一次用力，衣角被扯得很长。她终于回过神，看了看手握的衣角，立刻松开，然后冲我抱歉式地甜甜一笑。像融化积雪的春天，我的笑也不自觉地在脸上荡开，染红了脸庞。

公交车仍在前行，我们依然陌生，车厢却变得可爱起来。

二

挤出人群，深呼一口气，活着真好！

离家还有半个多小时的车程，我实在不想挤公交车了，就打电话让爸爸直接来接我，我在书店等他。

书店是我最喜欢的地方，它是我逃课的避身所，只是好几年没来这个书店了。里面摆设还是老样子，换的是店员，还有来来往往的人流。

站在杂志类书架前翻阅，听到身后有人询问店员，有没有让·路易·傅尼叶的《爸爸，我们去哪儿？》。店员说，现在还没有，需要过一段时间才进货。

我不由得转过头。

这本书是老师推荐的，我看了一些书评，最近才买的，只在车上才翻看了一点儿。

再次看到她，我便相信了一种叫缘分的东西，那个甜甜的微笑立刻浮现在脑海中。她身着粉红色短袖、蓝色牛仔裤、白色运动鞋，瘦小的身躯透露着坚定，脸庞写满了焦急和渴望。可是，书店没有，她只能无奈离开。

望着她的背影在人群中蹒跚离去，我便知道她是异于常人的，于是快步追上，堵在她面前，将那本书递在她面前。

她没有接，只是错愕地看着我。

"借给你。"我说，并把书再次递到她面前，向她微笑。

她还是没有接。

"小萱！"

我们同时向声音看去，一个男孩从摩托车上下来，说要带她回家。看到我，就问发生了什么事，女孩简单说了一下。男孩的脸潜伏在头盔里，转过身问我，这能行吗？

我说，嗯。

他接过书，点点头，让我留下联系方式。我只有一支笔，只能将 QQ 号写在他手心，女孩再次露出甜甜的微笑。她紧握着那本书，像刚才握扶手一样，甚至更紧、更牢。

他帮女孩把书装进背包，伸出一只手让她紧握，一起下台阶、上车。在发动机的隆隆声中，女孩再次向我微笑，说谢谢。男孩抬起眼睛，向这里看了看，踩下油门，离开。

再看这座小城，虽越来越繁华，却写满宁静。

三

晚上上网时就有人加我 QQ，验证信息是小萱，还有一个叫大智。我确定了信息，没看到小萱，在线的是大智。

他说，谢谢你。

我问，谢什么？

他说，小萱找那本书已经找了大半年了，可是书店一直没有，今天她很开心。

我问，你是那个头盔男？

他发来一个微笑。

临睡前，他告诉我，过几天是小萱的生日。小萱在这边没什么朋友，如果我可以去，她一定很开心。

我答应他，到时候一定去为她庆生，再送她几本书。

躺在床上听夜，虽寂静，却明朗。

四

小萱生日前一天，我接到小雪的电话。

小雪是我大学的舍友，我们一起旷课，一起荒废了大学。不同的是，我花时间看书、写稿，她却拿时间逛街、约会。自然各有所得，我收获了书籍和稿费，她拥有了服饰和恋人。

没想好未来的路，她索性就不想了，先放松一段时间再说。听说我认识了小萱，她便坐长途列车赶过来，说要探索一条可持续发展的道路。

坐了两个多小时的公交车，我们在车站见到大智，并一睹他的真容。他长得很含糊，跟刚被人从睡梦中拽出来一样，连说话也如此。

离家里还有一段路，我们沿路步行。

那是一个很深的小巷，弯弯曲曲的街道左拐右拐，里面却应有尽有。我们经过菜市场，饭店，诊所，网吧，KTV，终于看到一个蛋糕店。大智不让我们买蛋糕，却没有阻挡得住，于是长相更含糊了。

小萱还不知道我们要来，这是他的请求，想给她一个惊喜。

一个人对一个人的了解与爱护，就是知道她的所有喜好，并且肯花精力使她开心。毋庸置疑，他对她的了解与爱护是绝对无敌的，因为她此时的神情已经可以用震惊来形容。

如果不是看到他们的婚纱照，我不敢相信租来的十几平方米的房间里，竟可以承载满满的爱情和婚姻。屋内整洁有序，东西虽多，却忙而不乱。记得妈妈常说，一个女孩最重要的是勤快，整洁有序的品质最能打动人。我嘴角不自觉上扬，心中有的不只是感动，是比看完一本好书更有感触。

我们在屋里聊天，大智出去一会儿，回来时，带了几个男生，并递给小萱一个纸盒。他说话永远那么简单，只是淡淡地说，送给你。

盒子里是一对耳钉和一枚戒指。

小萱说，结婚时不是已经买了吗？我又不喜欢戴这个，干吗花钱？

他挠挠头，说，这个和那个不一样。

小萱是被宠坏了的，为戒指的大小和款式，他去换了三次。其实没人逼他一定要换，只听小萱说哪里有点问题，他就不声不响地去换一次。一直换到满意，小萱才问，店员没说你神经失调吗，换了这么多次？

"适合你就好了。"

行动之后的语言，不管多简单，总能体现深沉。

五

玩得太久，为相遇干杯的同时，我们只能在那里住一夜。

几个男生拿着啤酒劝女生喝，要求碰杯，我是一口就倒，所以从来不在外面喝酒，哪怕你杀了我。

那些男生说了很多，后来干脆播放《兄弟干杯》，说不醉不归。就算庞龙来了，我也不会拿自己的安全开玩笑，但他们仍然跟我比执着。

"想和她喝酒先过我这关！"小雪拿起酒瓶冲过来。

她虽有富家子弟的浮夸，但在关键时候，她总能做冲锋。这就是每个故事里总要有伶牙俐齿又莽撞的人的原因，他们可以将悲剧转化为喜剧，这样的生活才有味道。小雪的酒量绝不是传说，看看几个男生的表情就不言而喻，比刚才更伤面子。

睡觉的时候，几个男生都喝高了，跌跌撞撞各自回家。大智端来水，要给小萱洗脚，小萱却要自己洗。他没说话，也不退让，继续洗。

"萱儿，今天是你的日子，我给你洗脚。我知道你受了很多委屈和伤害，你虽然不说，但我都知道……"

他是真的醉了，我实在不能听下去了，便悄悄出去。不管他后面说什么，都已不重要了。一个人所承受的，只要对方能懂，就已足够。

六

蛋糕没来得及吃，那几个男生就一大早过来，说吃完蛋糕去 K 歌。但大智要上班，没时间做陪，只好嘱咐我们照顾好小萱。

有个男生将奶油吃到脸上，我们笑着就玩了起来，开始故意涂抹。这是小雪起的头，那个男生却拿着蛋糕，一直看着我。我属于眼疾手快的人，在他涂抹之前，便把碟子里的蛋糕扣在他脸上。

他如雪人愣在那里。

时间凝固，随后都乐翻了，小雪解释："她最恨别人碰她。"

"所以，就先碰别人？"

那男生说得很精确，说到底，我不是勇敢的，怕受伤。所以，预感到要受伤时，我总选择主动。有时候推断错误，就会伤及无辜，所以我希望能像小萱一样勇敢。

大智告诉我们，当初学校拒绝她，她不吵不闹，极力请求；当初结婚的时候，他家人坚决反对，她选择他不放手就紧跟其后；当初别人都觉得她只会是个累赘，她不争辩，只埋头苦干。

所以她说："如果你恨那些伤害你的人，就做出成绩，再回到他们面前，让他们后悔。如果有人嘲笑你，就直视他们的眼睛，让他们低下头，而不是你！我遗憾的不是我没上大学，而是有多少书被压成废纸，却始终不肯放一丝霞光给渴望丰富的灵魂。"

这些话震撼着我的灵魂，一个瘦小爱笑的女孩，内心竟如此强悍。每个人都有遗憾，仿佛就是因为这些遗憾，生命才完整，才有所求。

七

彼此熟悉之后，才深入了解小萱，像断断续续的歌。

小萱先天性肌肉萎缩，臀部向后突出，总给人一种随时要摔倒的感觉。从小就一直向往大学的她，在高中毕业之后，被大学拒之门外。后来虽然做了话务员，但她没放弃喜欢的平面设计，偶尔也看看励志性的书籍。

现在的她已经独立，有自己的资金库，有自己的业余爱好，有自己的爱人。但她依然向往大学，有机会就去朋友的学校待几天，一个人往返。

去年初冬，在一所大学的画室里被抓，保安和管理员都嘲笑她。后来知道她是过来找朋友的，就说让朋友看好她，想来画室就要办卡。伤疤再次被撕开，她平静接受，回来就更努力了。

这件事是她朋友告诉大智的，我们终于明白她的个性签名——

伤害对我来说平常如空气，每一次面对，都让我重新认识自己和世界。

她内心的力量让我佩服，我由衷地说她是勇敢的女孩，是生活的强者，有别样的美丽。想当年报考文艺高校，因为声带严重受损而没通过面试，随梦想一起破碎的还有我的勇气。后来为了拿大学文凭，我去了与自己格格不入的学校，读着自己不喜欢的专业。

我们总是向生活妥协，委屈自己，去求一个看似必要却不属于自己的归宿。如果当初我不妥协，不选择，现在会怎样？

八

那天在KTV里，小萱一遍又一遍唱着孙燕姿的《明天的记忆》，我们似乎都懂的语言——

让明天的记忆不模糊，不是因为孤独；因为我们执着的态度，不管它起起伏伏。让今天把明天变特殊，未必因为满足；因为我们过得不含糊，从来不曾退出。

她的经历和歌声像一部励志剧，给人信心和力量，但为失恋伤心的人还是唱起了《离歌》："一开始，我只相信，伟大的是感情；最后我，无力地看清，强悍的是命运……"

是，命运无比强悍，想爱我所爱，就要比命运更强悍。

选自《语文周报》2013 年第 55 期

> 我们怎样看待生活，或者生活怎么对待我们，都不是最重要的。重要的是经历其中，并努力过好生命中的每一分钟！

绽放的青春才美丽

文 / 冠豸

青春，就像受赞美的春天。

——勃特勒

一

姚佳转学来后，我在学习上的霸主地位就岌岌可危。第一次数学小测，她就以满分之势把我拉下马，让我怀恨在心。姚佳不仅成绩好，长相甜美，她还有很好的人缘。才转学来不到一个月，就在班上建起了一个以她为中心的大圈子。每天放学回家，一群人簇拥着她谈笑风生。

我冷眼旁观，心里不解，还有些不屑，才来几天呀，如此张扬？

我和班上的同学相处了两年，也没什么交情，"独善其身"是我信奉的人生信条。

二

在小学时，我的父母就双双下岗了。

有一天夜里，起床上卫生间时，我隐约听见了从父母房间传出来的妈妈压抑而伤心的哭泣声。屏气凝神，我小心翼翼地趴在门上听，"天无绝人之路，虽然下岗了，但只要我们勤劳点，还是可以过活……"爸爸在安慰妈妈。在他们断断续续的诉说中，我终于明白了事情的真相：他们已经下岗两个多月了，找工作四处碰壁，收入无来源。而在这节骨眼上，老家的爷爷又生病住院，需要花费很大一笔钱。

回到房间，我一个人躲在被窝里哭，我知道这个家已经和以往不同了。只是我没想到天亮后，妈妈依旧微笑着叫醒我，送我去学校，爸爸也一如既往地拍拍我的肩膀说："早上好呀，小宇星。"一切如往昔，但敏感的我还是感觉到了妈妈笑容背后的酸楚和爸爸坚毅目光里的那抹无奈。我想哭，但我强忍住了，也用明媚的笑脸回应他们。

也就是从那时起，为了生活，父母开始在菜市场门口摆摊卖水果。他们一直瞒着我，但这一切我都知道，我还亲眼看见过妈妈被顾客骂得灰头土脸，看见过他们招揽生意时那近乎献媚的笑容。

生活悄然改变了他们，但我要和他们一起维护他们在我心目中最初的形象，所以我佯装不知。在父母面前，我天真烂漫，但离开家后，我就沉默寡言，不与人交往，完全投入到学习中。我知道我的好成绩可以为父母带来欣慰，整个小学阶段，我的成绩都名列前茅。

班上的同学攀比成风，他们比衣服的牌子，住房的大小，父母的工作、收入、当多大的官。每次在他们争得面红耳赤时，我都会远远地避开。我害怕他们问到我父母的工作，我不愿说谎，但也无力承受这样的伤害。

我不需要同情，我高高在上的成绩足以让他们仰视。我倔强地拒绝别人的友谊，渐渐地，我就习惯了一个人独处。

三

有一件事，已经过去好几年了，但我一直不曾忘怀，那种伤害刻骨铭心。那时，我读五年级，4月25日是我的生日，我没想到我的同桌也是那天生日。放学前，他就邀好了很多同学晚上去他家，说他妈妈会为大家煮上一大桌好吃的菜，还有水果蛋糕，他也邀请了我。

其实我很想去看看，别人家是怎样过生日的，但犹豫一阵后，我还是决定不去。我的父母对于过生日的事从来不热衷，以前日子好过时，他们也没给我过过生日，后来的日子，我更不会在生日这天要求他们给我礼物。

那天放学后，我用自己积攒下来的零花钱买了个万花筒，本想留给自己，但想了想，还是决定把它送给同桌。我是委托同学把礼物带过去的，然后一个人在街上逛了很久才回家。父母每天都要很晚才回来，早早回去，冷清的家会让我备感寂寞。

第二天上学时，他们一直在讲生日宴会上丰盛的菜肴，硕大的水果蛋糕，还有大家送去的五花八门的礼物。

"宇星家很穷吗？平时没看出来，他这人真小气，居然只送了一个万花筒，怪不得没脸去……"一个女生轻声嘀咕，虽然她说得很小声，但我还是听见了。瞬间，我的脸蹿红，连耳根都热辣辣的，仿佛被人当众掴了一记耳光。那女生还在说，旁边的男生马上转过头来看我，然后提醒她闭嘴，几个人说说笑笑地走到教室外面。

我的泪噙在眼眶，强忍着，却还是不争气地流了出来。

生日的晚上，从街上回来后，我一个人在家，没有蛋糕，没有祝福，我独自点燃停电时家里备用的蜡烛，在微弱的烛光中，默默为自己唱生日歌。那样的凄迷中，我没有泪。我不怪父母从来没给我过生日，他们整天忙碌，没日没夜地辛劳，一切都是为了我。爱的方式千万种，父母有他们爱我的方式……

在他们走开后，我迅速地抹干眼角的泪痕。我怎能为这点小事难过呢？我和他们从来就不是一条道上的人。

四

有一天，终于有同学知道了我的父母在菜市场门口摆摊卖水果。一时间，全班沸腾，他们怎么也不相信，我居然会是小贩的儿子，他们莫名其妙地幸灾乐祸。

看着无动于衷却一脸倔强的我，他们自省过吧，慢慢地，他们对我说话客气了起来。可能是怕伤害我吧，还是怕激怒我？他们与我交往时更加小心翼翼，可是他们越这样，我越是疏远他们，裹紧自己的心。

以前，我只是刻意地不与人交往，后来是变本加厉地孤傲，对谁也看不上眼。学习上，我却是更加努力，我认为，唯有读好书，考上好大学，才是我最好的出路。

升上初中后，我依旧冷漠地面对身边的同学，跟谁都没有知心话可说。习惯沉默，有时觉得语言都是多余的。刚开始，因为成绩好，常有同学来问作业，但我总是漠然置之。几次后，大家都知趣地不再来问我，他们在背后讲我无情，说我是个怪胎。

以前的生活就是这样度过的，孤独却也充实，因为我心里充满了自信和对未来的渴望。我想，只要考上好大学，找到好工作后，一切都会改变的。

我没想到升上初三时，会遇见那个叫姚佳的甜美女生。她的出现，改变了我。

五

姚佳爱笑，整日里乐呵呵的，晶亮的眼睛透着一股灵气。

她来不久就和大家打成了一片。甜美的笑容，不拘小节的个性，再加上优秀的学习成绩，很快赢得了大家的喜欢。当第一次数学小测，她一下就把高高在上的我拉下马时，大家欢欣鼓舞。

大家都受够了我的傲慢，现在就想看我失落的样子，他们围着姚佳，把她奉成了英雄。特别有几个女生，更有一种"报仇"后的快感，她们故意当着我的面唱恶搞歌曲来气我。

我没想到姚佳在这种时候还会主动和我打招呼，我以为她是故意让我难堪就没理她，脸上写满冷漠，这是我保护自己唯一的方式。碰了一鼻子灰的姚佳并不恼，面对我冷漠的脸居然还能笑逐颜开。

一次次面对她笑容可掬的脸，我紧绷的神经渐渐松弛下来。

姚佳一定是从同学那里了解了我过往的事，有几天，她看我的眼神有些爱怜。我不屑地笑了起来，心里却莫名地难过。以前，我没有渴望过友谊，但这次，我希望能和她成为朋友。不是因为她学习上咄咄逼人的气势，而是她真诚的笑容，让我感动。

"其实宇星很善良，他只是不习惯和大家交往……"一天中午，我进教室时，突然听到姚佳和几个同学在聊天，他们说到了我。抬起的脚轻轻放下，我躲在教室外面。

"宇星就是太傲了，让人敬而远之。"一个女生插话。"每个人都有自己的行为方式，只要他没有伤害别人就行了，但我真希望他能够快乐起来……"又是姚佳的声音。第一次，我听到有同学为我辩护。她居然明白我的心，我的泪就那么不设防地汹涌出来。

与姚佳平静地相处了一段时间，学习上，我们难分伯仲，只是在生活中，她天天有许多同学陪伴，而我依旧独来独往。

放寒假前的一天，姚佳偷偷递给我一张纸条，上面写着：

"宇星好！从同学那里，我知道了你许多事情，也知道你的家境。其实说到家境，像我这种打工子弟，又有什么家境可言呢？出生由不得我们选择，但生活的方式，生命的状态却是由我们自己把握的，不是吗？青春不需要卑微的自信，这种自信只是自卑的一种伪装……没有朋友的生命旅程是孤单的，也不完整，即使再华美，它也是一种残缺。我希望你能成为我的朋友，也希望你能敞开心扉交更多的朋友。聪明如你，一定明白我话中的意思，对吗？希望新年开学后，能够看见一个阳光的真正自信的你，我们一起努力吧……"

这是我第一次收到女生的纸条，也是我第一次真正深入地思考关于人生的问题。看着姚佳写给我的纸条，我陷入了沉思。

选自《考试报》2015 年第 8 期

年少的时候，总是固执得像是开在角落的花朵，拒绝阳光，也拒绝更多的爱。自以为是地认为，与他们有交际便会丢了所谓的面子。长大以后才发现，每个人都不可能孤立地存在，因为活着就是相互取暖的。

一株爱做梦的狗尾草

文 / 安一朗

只有刚强的人，才有神圣的意志，凡是战斗的人，就能取得胜利。

——歌德

一

杜菲菲是一个特别自恋的女生，有点胖，还有点黑。

别人嘲笑她胖，她不恼，还会笑盈盈地说："羡慕嫉妒恨吧？你以为谁都能长得我这么有福相吗？"气得想挖苦她的女生一个劲地抓狂，在悻悻离开时还恨恨地留下一句："就你胖，就你有福相！不稀罕！"

有个男生逗乐说："菲菲，如果你长得白一点，那该多好呀！要知道，一白遮百丑呢？"

杜菲菲听后圆眼一瞪，嗲嗲地说："你当是做白面馒头呀？越白越好？你可知道现在流行什么肤色吗？告诉你吧，现在正流行我这种小麦色，这可是最最健康的肤色哟！不信的话，回家上网查查吧！想晒成我这种小麦色，可不简单。"

杜菲菲的一番调侃愣是把调皮男生的嘲笑击落得无影无踪。看见男生哑口无言的表情时，她还美美地哼唱起："我美呀美呀美呀，我醉啦醉啦醉啦……"

杜菲菲摇头晃脑的投入表情，没把男生嘲笑当一回事的从容不迫，赢得了众女生的热烈掌声。毕竟天生丽质的人少，每个女孩都有自己不愿言说的小缺憾，杜菲菲的自信，为她们撑起了一片明媚的天空。有一段时间，女生们都会在背后说："要自信，找杜菲菲去。"

　　喜欢沉溺于自己营造的氛围中的杜菲菲，每天都笑呵呵的，从不把烦心事挂在脸上。在爱做梦的年纪，她有自己五彩斑斓的梦，如一串串绚丽夺目的泡泡。

二

　　杜菲菲幻想自己是一朵娇艳的花，还为此写了首诗《女生如花》。诗作完成的第二天，她美美地在女生中宣传，正准备享受掌声和喝彩时，一个没情趣的男生狠狠地打击了她："杜菲菲，你也算花？顶多就是一根狗尾草。"

　　杜菲菲愣住了，所有女生面面相觑，有人在偷笑，也有人眼睁睁地看着她，想知道她会做出什么反应。杜菲菲在众人的注视下，面色绯红，毕竟这样被当众羞辱，谁都无法做到镇定自若。她急急地反击："我就算是一株狗尾草，也是一株爱做梦的狗尾草。"

　　一时掌声雷动。杜菲菲精彩的话语再次为自己解了围，还赢得了大家的尊重。爱做梦的年纪，可是大家还有多少勇气去做梦呢？越长大，越明白生活的艰辛，也就渐渐失去了做梦的能力。连梦都不敢做，这有多可悲？可是杜菲菲，她爱做梦，她有勇气。她凭什么要被嘲笑和打击呢？

　　杜菲菲在班里沉默了好长一段时间，虽然脸上还挂着笑，但大家都看出来了，她有心事。那个没情趣的男生被大家埋怨，说他不该那样对待杜菲菲，毕竟她是女孩子。

　　男生思前想后，觉得自己确实错了，于是去找杜菲菲道歉。杜菲菲看着他，目不转睛，盯得那男生脸上红霞飞："干吗这样看我？我脸上有什么不对吗？"说着，手不自主地在脸上搓揉。

"扑哧"一声，杜菲菲笑开了，她愤愤又解气地说："逗你玩，不行吗？我这株爱做梦的狗尾草不和你生气了。"

"你还说，根本就是在生气。"男生撇嘴。

"其实挺感谢你的，这几天，我想了许多，似乎也明白了一些以前不曾在意的事。我确实爱做梦，爱做梦没什么不好，但如果总是梦着，那梦就永远是梦。我得付诸努力，把自己的梦变成现实，那才好……"杜菲菲说得一本正经。

有人鼓掌，杜菲菲回过头看，原来是老师进来了。她听到了杜菲菲的话，非常赞赏。

"老师——怎么连你也逗我呀！"杜菲菲一脸羞红。

年轻的女老师笑着说："对不起哟！菲菲，我错了，因为我也曾是一株爱做梦的狗尾草。"

三

老师向大家讲述了她青春年少时爱做梦的故事。

"那时候天总是很蓝，风儿温馨，我们一群女生整天幻想着未来的日子。虽然都只是一群平凡的女孩子，但因为爱幻想，让我们变得那么的不一样，我们还愿意为自己的幻想作努力。我想过自己是世界小姐，身披霓裳，万众瞩目；想过自己是律政佳人；想得最多的就是以后要当老师，有一群可爱的学生，我和他们一起学习，一起游戏，现在我的美梦成真了……就算只是一株狗尾草，也会因为爱幻想而变得与众不同。"女老师娓娓而谈，有点兴奋吧，她细瓷般光洁的脸上呈现出一种以前从不曾见到过的光彩。

杜菲菲竖起耳朵仔细聆听，心一直"怦怦"跳，原来自己尊敬的老师也曾爱做梦，而那么多绚丽的梦想，通过努力，终将会美梦成真。她更坚定了自己的想法。

杜菲菲梦想以后当一名女警，每次在街上见到英姿飒爽的女警时，她都特别崇拜。她在网上搜索了所有《霸王花》的电影，看着那些美丽女警机智勇敢地面对坏人，并且不畏艰险，最终将坏人绳之以法时，她都会禁不住兴奋地鼓起掌来，好像她就是她们当中的一员。她还自导自演，把自己想象成那个接受勋章的女警，并口若悬河地做了一番获奖感言。

偶然的一次，杜菲菲接触到了台湾已故作家三毛的书，从此一发不可收拾，她把三毛的书全找来看。她深深地迷恋上三毛曾经生活过的撒哈拉沙漠，喜欢上那种四处漂泊的生活。

她想象着有一天自己也能够像三毛一样浪迹天涯，边走边写，那是她神往的生活。她还学会唱《橄榄树》，在齐豫空灵、深情的吟唱中，她觉得自己早已经幻化成天空中那缕飘浮的云，她的故乡在远方。

班上的同学望着常常突然发愣的杜菲菲，说她变得有深度了。杜菲菲盈盈浅笑，深情唱上一句："不要问我从哪里来，我的故乡在远方……"她的心又开始穿越，飞过万水千山，抵达那苍茫的沙漠。

好长一段日子，她总是幻想着她就是三毛，她正在沙漠里驾车，眼前一眼望不到边的全是黄沙，在炙热的阳光下闪着刺目的光芒。

同学摸不着头脑，不知杜菲菲哪根神经又搭错线了，在他们正要散开时，杜菲菲又急急地叫住他们："我说，长大后，我们一起去流浪吧！"遭到嘘声一片。

杜菲菲白眼一翻，嗲声嗲气地说："你们全是俗人！我爱三毛，三毛也爱我！"没有人明白杜菲菲在说什么，一个个都走了，其中一个女生在临走时，还摸摸了杜菲菲的额头："没烧呀？估计又开始做梦了。"逗得大家哄堂大笑。

四

杜菲菲的努力大家看在眼里，她完全变了一个人，变得勤学好问，变得勇敢机智，变得……谁也说不清楚，就觉得她充满了魅力。

杜菲菲的文章在一本学生校园刊发表，当老师兴冲冲地来教室告诉大家这一喜讯时，大家才明白了事情的原委。

杜菲菲依旧是那个爱做梦的胖女孩，她五彩斑斓的梦没有变，她有很多自己的人生楷模，她希望自己能够像她的偶像们一样，通过自己不懈的努力，最后抵达自己的顶峰。

"没有人可以轻轻松松就成功，没有人可以复制别人的人生，但她们的精神可以学习。追梦的路上，布满荆棘，但唯有风雨过后的彩虹才是最绚丽多彩的……我不知道我的人生最终会走向何处，但我要努力，一直努力，边梦边走边努力。没有如花美貌，但我要修炼高雅的气质；没有聪慧机敏，但我可以让自己变得更加勇敢和坚强；没有去过的地方，都将是我要抵达的远方……虽然我只是一株爱做梦的狗尾草。"

杜菲菲的文章，让大家读懂了这个爱做梦女孩的心声，对她肃然起敬。

选自《语文报》2014 年第 17 期

每一株野百合都有自己的春天。就像职场新人杜拉拉一样，只要挺起胸膛，敢想敢拼，就一定会赢得别人的尊敬。

给真情鞠躬

文/刘凯全

圣贤是思想的先声；朋友是心灵的希望。

——爱默生

那是我师范刚毕业时发生的事情。

彼时的我，刚刚毕业，被分在一个叫黄花塅的山村中当老师。如果说风景，黄花塅真是一个好地方，春天满眼青翠百花烂漫，夏天绿荫遍野小溪潺潺，但最美的还是秋天，黄花开遍了一座又一座山岗，似乎飘过这里的每一片云朵都被山岗和沟壑迷住了。

但黄花塅太穷了，学校的学费虽然很低，但还是有许多孩子因没钱而辍学，尤其是女孩子，许多刚上两年小学便被家长勒令退学，在家放牛，给猪打草，上山挖草药。稍稍年龄大一点的便外出打工，或到城市去帮别人看孩子当保姆。

老校长把我领到初二班时，连连叹息地指着破烂教室里的二十来个孩子对我说："这些孩子能读到现在很不容易啊，你一是要千方百计教好学，二是要想方设法让这些孩子们不失学。"望着那二十来个衣服破旧但个个用殷殷期待的眼神盯着我的孩子们，我郑重地对老校长说："老校长您放心，我一定会尽心尽力的！"

孩子们学习个个都很努力，尤其是一个叫玲玲的，虽然每次考试成绩都在中下游，但她一直很勤奋。玲玲是个十分乖巧、又十分懂事的女孩子，每天都是天不亮就第一个到学校，下午放学时总是最后一个走，每次作业都做得一丝不苟。尽管学习成绩不太好，但学校的老师和同学们都十分喜欢她。

有一天，玲玲突然缺课没来上学，我问其他的同学玲玲为什么没有来，同学们说："可能是她父亲又在逼着她退学了。"退学？我吃了一惊，想起老校长嘱托的话，下午放学后我便走了七八里山路到了玲玲家，玲玲家很穷，穷得有些令人伤心。几间破烂的旧瓦房，两张木床和几把木椅，除此以外几乎什么也没有。玲玲的爷爷在家，我问他玲玲今天为什么没去上课，衣衫褴褛的老人摇着头叹息说："家里太穷，她父亲死活不让她再念书了。"

我坐在玲玲家的院子里等玲玲，一直等到天马上就要彻底暗下来的时候，玲玲和她的父亲才从山上回来。玲玲背着一个大药篓，手上拎着一把小砍锄，满身的汗被夜晚的凉风一吹，冷得一个劲儿地打哆嗦。

衣着单薄的玲玲看到我，惊喜地喊了一声老师，便扑在我的怀里嘤嘤哭起来。我轻轻地拉起玲玲的小手，感觉到她的小手粘糊糊的，拉到灯下低头一看，忍不住惊叫说："血，你的手被磨出血了！"

我对一旁的玲玲父亲说："孩子太小了，看手上磨了这么多的血泡，她还不到干活的年龄，还是让她回学校继续读书吧。"玲玲的父亲，那个虽然刚刚三十多岁，但头发蓬乱、腰身低驼，似乎已成了一个小老头儿的男人无奈地蹲在地上说："俺知道孩子身子骨还单薄，可俺家太穷了，俺实在没有办法啊！"

玲玲也嘤嘤哭泣着恳求她的父亲说："爹，俺想上学的呀，你就让俺再念几年书吧！"玲玲的父亲说："孩子，爹怎么不想让你念书呢？可爹实在是没有一点办法啊，你娘要吃药，你弟弟也要念书。还有你爷爷，挂着拐杖都立不稳身子，俺实在是顾不过来啊！"

见爹还是不答应，玲玲扑通一声给爹跪下了，一双小手撑着地哭着央求她父亲说："爹，俺给你磕头了，你就让俺再念两年书吧！"她边说边一个劲地给她父亲叩头。见父亲还是不答应，玲玲说："只要让俺念书，学费今后俺自己上山挖草药攒，每天，每天只让俺吃一顿饭行不行？"

玲玲的父亲又叹了口气说："不是爹不想让你念，爹实在是没一点办法啊。再说了，你也不是块念书的料，成绩也不好，再念也难念出个什么名堂，不如就算了。"玲玲哭着说："爹，今后俺一定好好念，只要你让我继续上学，俺一定给你考个第一名！"

玲玲爹用袖口抹了一把泪，看了一眼跪在地上的玲玲说："只要你下次能考第一名，爹就是砸锅卖铁也要让你继续念，不能考第一名，那就什么也别说了！"见爹终于答应了，玲玲高兴地从地上爬起来，擦了一把眼泪对我说："老师，我一定好好听您的课，下次考个第一名！"我拉着玲玲打满血泡的小手也高兴地对玲玲父亲说："我一定会尽心尽力地教她，让玲玲下次考个第一名！"

第二天天不亮，玲玲果然又回到了学校。

对于玲玲的重返校园，我一点都没有感到轻松。玲玲尽管学习向来都很努力，但她并不是一个聪颖而能触类旁通的孩子。离这个学期期末不远了，像玲玲这样一个学习成绩一直处在中下游的孩子，能一下子考取班里第一名，简直是比登天还难的事情啊！

但想起老校长把这班孩子交给我时说的话，想起老校长那殷殷的目光，想起玲玲那双打满紫亮血泡的小手，想起玲玲跪在地上对她父亲的艰难恳求，我知道再难也不能逃避，我必须尽自己的一切力量去帮她，因为不这样，不久后玲玲仍有失学的危险。

就是从这一天开始，上课时我只提问玲玲这一个学生，以期紧紧揽住她听课的注意力。课余时间，我按照自己拟定的补习计划，争分夺秒地给玲玲补课。放学时我总是送玲玲一步一步地回家，利用路上的时间给玲玲讲习题。

同学们也都知道了玲玲的事情，他们十分支持地对我说："老师，你就多帮帮玲玲吧，不用操心我们，我们都会努力的！"看着这群山里的孩子，我又焦虑又欣慰，是啊，这是一群多么懂事又多么可爱的孩子啊！

通过给玲玲的一番"恶补"，玲玲成绩果然比以前好多了，但因为她以前的底子薄，尽管成绩提高不少，但距离班级第一名还是差得很远。我去找老校长，老校长也没有什么办法："只要你尽心就好，一切就只有看玲玲的造化了！"

天气一天一天地冷起来了，开始落霜了，台阶上、窗棂上、操场上、校院的小路上，到处都落满了枯黄的树叶，不久就会下雪、下大雪，期末马上就要到了。我焦虑，玲玲也焦虑，将近一个月的时间里，她一双原本澄亮、天真的小眼睛一直都是通红的，我知道那是熬的，那是夜里在油灯下读书累的。

连续半年学期，我也没组织过一场考试，我怕玲玲考不上第一她就会失学，她的小手上会被迫重新打满让人心痛的紫亮血泡，她会永远失去读书的机会……

期末将至，下了一场大雪，天气忽然变得寒气袭人了，玲玲的心也变得有些绝望起来，她哭着对我说："老师，我真怕考试呀，我怕我考不了第一……"我能说什么呢？我只能陪着她叹气，然后悄悄地为这个可怜的孩子流泪。

尽管担心期末考试，但县里组织的中学期末考试还是来了，临开考前，我只能无助地鼓励玲玲说："玲玲，什么都不用想，一心一意好好考试吧，即使考不了第一，老师也会有其他办法的。"玲玲满怀忧虑地去参加考试了，我看着她瘦小、单薄的背影哭了，我想这或许就是这个孩子在校的最后一次考试了。那么小那么小的孩子，她身上和心灵上背负的东西却是如此的沉重！

考试结束了，玲玲果然很沮丧，她哭了，她说："下学期我肯定不能再上学了，可是老师，我真的很想上学啊！"我和老校长看着哭泣的玲玲除了深深的叹息外，还能说什么呢？

但成绩公布出来后，我和老校长都惊讶不止，因为玲玲竟是第一名，玲玲居然考了全班第一名！我怀疑是不是试卷改错了，或是乡上统计的分数弄错了，于是我就在一个下午踏雪去了几十里外的镇上。在镇教育办公室，我看到了孩子们的卷子，除了玲玲以外，其他孩子试卷上最后几道得分大题都像是约定好了似的一个也没有做。

我想不透，这些题平时都是我讲过的呀，孩子们平时解这些题也都是不在话下的事情，怎么上了考场后就都不会做了呢？回到学校后，我立刻悄悄找来两个孩子，疑惑地问他们说："后边的题为什么不做？这不都是我平常讲过的吗，为什么上了考场却不会做了？"我声色俱厉地批评他们，但两个孩子低着头什么也不说。

我狠狠地逼问了他们一次又一次，我不知道这些孩子们是怎么考的，这样的成绩，让我这个师范大学毕业的任教老师今后还怎么出去见人？还有什么颜面？

面对我一次次的逼问，一个孩子终于招架不住了，他怯怯地说："不做那些题是大家约好的，如果大家都做了，玲玲就考不成第一了……"

我一下子愣了，转瞬，又羞赫了。这是一群多么可爱的孩子啊，他们纯真，他们善良，他们那么善解人意，他们让我们羞赫，又让我们终生难忘！

面对喜极而泣的玲玲和同样兴高采烈的同学们，我哽咽着说："孩子们，这是一次最好的考试，成绩也是让我最满意的，在此，老师向大家鞠躬了！"然后，我郑重地向孩子们鞠了个躬，我想自己鞠躬的含意玲玲现在是不会懂的。

向爱鞠躬，向真情鞠躬，在爱和友情面前，什么样的脊梁不会真诚地弯下腰呢？

选自《意林·少年版》2010 年第 8 期

> 真正的朋友，在你获得成功的时候，为你高兴而不捧场；在你遇到不幸或悲伤的时候，会给你及时的支持和鼓励；在你有缺点可能犯错误的时候，会给你正确的批评和帮助。

爸爸的"冷水"

文 / 罗光太

父爱是沉默的，如果你感觉到了那就不是父爱了！

——高尔基

小的时候，我就喜欢看书，看书多了，也就萌生出自己试着写的念头。记得那是小学三年级的时候，学校里已经开始教写作文。我特别喜欢上作文课，那些看书时弄不懂的问题，在作文课上，老师都会为我解惑，让我茅塞顿开。

我的作文成绩是班上最好的，老师很喜欢我写的作文，每次都会当成范文在班上读，让我小小的心里充溢着满满的自豪和喜悦。看过很多书后，我并不满足只是写老师布置的作文，我想写童话，写故事，写很多我脑海里构想出来的东西。

我想像爸爸一样，在报纸杂志上发表文章。爸爸虽然是建筑工程师，但他闲暇时却喜欢写点文章，多年的积累，他已经出版了两本书。我很崇拜爸爸，我希望自己能够像他一样优秀。

每天放学回家后，我先把作业做完，然后躲在房间里开始写我自己构想的故事。那是一段累并快乐着的时光，写作的辛苦我体会到了。有时为了一个流畅的句子，我得一直修改；有时为了一个贴切的词汇，我得绞尽脑汁；有时为了描写的东西真实有特点，我得长时间去观察。

我在写作的过程中终于明白了，写作并非是件容易的事，要想写好，就得下苦功夫。明白这些，我对爸爸能发表那么多文章更是敬佩万分。

可是那时候，我毕竟只是一个九岁的孩子，并没有超乎常人的天赋，我只是单纯地喜欢写，以为自己的作文得到了老师的认可，并且还看了很多书，我写的文章就一定很好，甚至可以像爸爸那样将文章发表在杂志上。

我努力了一个星期，终于完成了我的第一篇挺长的童话故事，洋洋洒洒地写了好几页纸，我欣喜地把文章拿给正在家里做家务的妈妈看，并且兴奋地告诉她，这是我自己写的故事。妈妈听后，激动地拥我入怀，还没看就一个劲地夸我很棒。

我接过妈妈拿在手里的扫帚，她用两只手小心翼翼地翻阅我写的故事，一边看一边不停地夸奖："真棒！写得很精彩！这个故事写得很有趣。"看完后，妈妈又蹲下身抱住我问："这个故事真的是你写的吗？"当她得到我肯定而自信的回答后，又忍不住抱住我深深地亲了一口，说："我儿子真棒！一会儿你爸爸回来看见了，一定更高兴。"

妈妈的激动溢于言表，她甚至在做家务时都哼唱起来了。看着妈妈开心的样子我心里涌起了无限的豪迈感，想象着爸爸回来后激动的样子我禁不住蹦起来。我想爸爸一定会表扬我的，他能以我为荣是我最大的快乐。

爸爸下班前，妈妈特意把我写的故事整整齐齐地放在茶几上，她知道爸爸回家后的第一件事就是坐在茶几前喝一杯温水。她希望爸爸能在第一时间里看见我写的文章。

在等爸爸回家的时间里，我觉得每一分每一秒都好漫长，是种煎熬，不过，是快乐的煎熬，我心里洋溢着无法言说的喜悦。

我一直站在窗口探望，希望爸爸会比平时早一点回来，希望他能够早一点看见我的文章。他的意见对我来说很重要，毕竟爸爸发表过那么多文章，毕竟爸爸是我最崇拜的人。

爸爸终于回家了，我一脸灿烂地站在妈妈身边，等着我想象中激动的场景发生。妈妈在爸爸进门时就兴奋地对他说："孩子爸，你终于回来啦！

快过来看，这是你儿子自己写的故事，真是太精彩了！"

爸爸脸上流露出不相信的表情，但妈妈肯定地说："是你儿子自己写的，你还不相信？遗传你的文学基因呀。"

爸爸坐在沙发上，认真翻阅我辛苦写了一个星期的文章，妈妈又一个劲地在边上夸奖我，我自信满满地说："有其父必有其子，我是爸爸的儿子，一定可以像爸爸一样厉害……"

我的话还没说完，爸爸就开口了："没什么意思呀？故事老套，情节也不精彩，我还以为写得有多好呢？"

我一时间愣住了，笑容凝固在脸上。

妈妈急切地反驳："你儿子才九岁，他主动写文章，你怎么不鼓励他？明明就写得很好！"

"好不好我有自己的判断，明明不好，我怎么能说好吗？"爸爸理直气壮。

妈妈气得和爸爸吵了起来，我却是委屈而又伤心地哭着跑回房间，扑在床上泪水横流。

我不甘心，一边哭一边暗下决心：我一定要更努力，一定要写出得到爸爸认可的故事来。但我又很疑惑，为什么爸爸不鼓励我呢？反而泼"冷水"？毕竟我才九岁。

后来，我渐渐注意到了，爸爸其实很少表扬我，似乎我做什么事，取得再好的成绩，都很难得到他的认可，他最常说的话就是："一般，普普通通，没什么意外。"可我那么渴望得到爸爸的认可，还好一路走来有妈妈的鼓励相伴，要不，我真是没勇气也没信心了。

有妈妈的鼓励，我一如既往地喜欢看书和写故事，也许是和爸爸赌气吧，我比过去更努力也更投入了，但是爸爸还是常常给我"泼冷水"。

有一段时间，我挺恨爸爸的，觉得他冷血，觉得他不可思议，别的父母都会不断地鼓励自己的孩子，而他却只会"泼冷水"。我恨他，可我又那么迫切地渴望得到他的认可。

为了得到爸爸的认可，我做任何事情都会竭尽全力并力求完美，但爸爸似乎还是无动于衷，就连后来我已经刊发的文章，爸爸看后，也只是说："一般，还可以写得更好一点。"

我一直在努力，从不敢停歇，所有的付出都只为得到爸爸的认可。爸爸对我很严格，对他自己也很严格，他用行动给我树立了榜样。

渐渐地，在流逝的时光中我长大了，而爸爸一天天老去。他依旧常常给我"泼冷水"，依旧在说"还可以做得更好一点"，只有妈妈，她的鼓励从不吝啬，她以我为荣从不低调。可我却在这两种截然不同的表现中读懂了父母对我深沉的爱。

妈妈的鼓励给了我信心和勇气，而爸爸的"冷水"，却让我随时认清方向，保持努力的状态。

选自《新青年》2014 年第 12 期

> 记起小时候学过的一篇文章：《精彩极了和糟糕透了》。似乎父亲永远都是这个样子，没有什么时候是对孩子满意的，时不时还打击你一下。可是，这不就是父亲的爱吗？因了这伟大的爱，我们才变得谦虚谨慎不自满，不沾沾自喜，从而获得更大的成功。

赢在奔跑过程中

那时只有十八岁的我的母亲总是悄悄地注视着这个男人，据说这个男人的生活中一向有许许多多的忽略。连母亲的歌喉、美貌，都险些被他忽略掉。母亲那时包了剧团中所有的主角儿，风头足极了。

美丽鸡尾草

文 / 若荷

> 爱一个人，应该包括让他追求自己的理想。
>
> ——张小娴

　　她每年都要写宣传报道，因为单位要考核，要作为工作成绩来奖惩。为了发稿，许多同事都在找路子，她的路子不宽，但几年来稿件往复，意外认识了他。他在北京一杂志社工作，对她的帮助不是很大。对她来说，如果有些人是路，他只能算座桥，桥很窄，也很高，人多的时候，她就可能给"挤"得"掉"下来。

　　那一次，为了节省稿子在路上的时间，她于是发传真给他，电话打过去三次，一直没有联系上。后来联系上了，他却是在家里，仍然带了苦笑："你单位有没有网？家里能不能上网？"

　　关于网络，她很陌生，单位和家里都不曾上网。"你平时写作，就不用电脑？"他连问三遍。"用的。""那就上网吧。"几乎是命令。哦哦，她爽快地答应着，迟迟地一拖再拖。

　　4月份，终于上了网，正是SARS猖狂时候。有那么几天，他很少出门，便当了她的网络教师。首先帮她申请了电子信箱，通过它来发送稿件。时下流行提速，火车提速，政府部门办公提速，都与她无关。但E-mail却从此与她有关了，鼠标一点，便越过了万水千山。

　　接下来，他要求看她的文章，她正没处炫耀，便寄去给他。他看了，说，不如你去个地方，可以放手地去写。她说哪里？他说"bbs"。不明白，她摇头，他说他知道。

尽管不明白，她还是去了，他推荐给她一大把在线选稿的论坛。她发出了第一个帖子，"要灌水的哟？"他的每一句话都让她晕头转向。

"哦，怎么发帖、回帖？"

"不要着急的，我会慢慢告诉你的。"他不厌其烦，频频发来消息。她却感到他仿佛在拽着她的耳朵大声地喊。从此，她渐渐地学会了一些电脑知识，可以自由发帖，会一点点修改功能，不用他指导也行了。

SARS过去，"老师"也要工作了，再没有时间辅导学生，从此就联系得少了。偶尔发一封电子邮件，动漫、画片、歌曲，有时候除了主题连内容都没有。她说你也太吝啬了，但每次看到信，回头照样兴高采烈，因为自己寄给他的更少，本就不吃亏的。

去外地出差的路上，偶尔发现一株鸡尾草，他打电话告诉她，那是他们家乡常见的一种草。知道吗？他说，小时候，他的妈妈最喜欢用这种花草来编织草戒。那是一种什么样的草戒啊，他绘声绘色地对她说，戴在手指上，闪耀着钻石的光华，你信不信，它们比钻石还漂亮！

钻戒，钻戒？提起它们，他的语气霎时沉重了起来。于是他在信箱里或电话中，开始向她诉说一段埋藏很久的心事，那是他从不示人的。由此她知道了他的女友，前一个和后一个，都很漂亮的。前一个提得多一些，每每提起来，言语里全是初恋情结，浸漫着深深的感伤。这样的日子，断断续续、散散漫漫，掺杂着说不清的烦躁焦灼，于匆忙烦忧中转眼过去。

在这一年里，她的小说散文空前地发表了许多。他也撰写了大量研究性论文或经济类大稿，各大网站都有转帖。对于他的情况，她也一直关注着，病了；在外地出差；调动工作；因为文章揭露时弊触及个人利益而被人恐吓……

"不要紧吧？"想好了的问话，尽量不流露出担心模样。他回答得也极轻松："不要紧的哦，后脑勺长着眼睛呢！"于是，本来很牵挂的，却无缘由地大笑起来。

这样的友谊，直到今年的春节。旧历的腊月，他要回老家探亲，发信息过来，21号的火车。"三年没有回家了，想家了吧？"她故意逗他伤感。"你再说，你再说我就要流泪了。"哈！他们大笑，没有声音的，因为信息里不会听到，更不会看到。

坐了两天的火车，大概是到了，承欢在父母的膝下，应该是很快乐的吧。年三十的早上，他发来信息，说一年了，看到父母，感怀中总想写点什么。她说，她也想写点什么。他说，写吧。写吧，她说。

一年了，怎么过来的，有过风吧？有过雨吧？一年了，盘点一下自己的生活也好。然而，仿佛一切的一切，点点滴滴，都随风飘去，随时光而去了，没有留下任何的印迹。

拜年的电话不断，他的手机也总是忙音。

"在做什么呢？"

"在外面呢，看汽车。"

"北京那么多汽车你还没有看够？"

"不同啊，在北京想家，在家想北京啊。"

他的家在革命老区，那里的人们生活还很清苦。曾经听他抒情般地慨叹："那一片人亲，土亲，山亲，水亲的红土地哟！"

随着时间的渐进，他们的联系开始日渐减少，激将法似的，他说一定要她拿出最好的文章。她不停地写着被他戏称"小女人"的文字，排遣着心中的孤独，宣泄着不可言说的内心的忧伤。而在那个喧嚣繁华的都市里，他也在匆匆忙忙地奔波着。他说，他要挣够用以买房的近百万元来建立他理想中的小巢。心在旅途，三十四岁的他，至今还是一个"北漂"。

他说，人，总有来有去，只要大家生活得快乐，只要他们彼此想念着，放弃不是坏事。痛负太重会消磨他们的精力啊，他们还要保持足够的力量去迎接新生活呢！

　　一别多年，之后的这个春天，她收到他从故乡寄来的一包鸡尾草的种子，她在几个小小的花盆里种下了几十棵鸡尾草。天气一天比一天暖了，和风细雨里，她相信它们总有一天会生长出来。到时候，她也会用它们编出美丽的草戒，等她把它戴在手上，那时候，湮灭在记忆中的往事又会美好如初了。

选自《考试报》2014 年第 6 期

　　　　每个人到最后都得自己去面对生活。可是，在这过程中，我们会碰到一些人，给我们温暖和爱。正是这爱，让我们走得更好。

桌洞里的红苹果

文 / 龙岩阿泰

人人相亲，人人平等，天下为公，是谓大同。

——康有为

一

到新学校的第一天，同桌魏芸就悄悄告诉我，不要去招惹最后一排那个脸看起来脏兮兮的男生江浩然。在我迟疑时，她又伏在我耳畔低语："他是农民工的孩子，不讲理，我们班的同学都不喜欢他。"

我笑笑，转过头去瞟了一眼，看见一个碎发男生正大声嚷嚷，使劲推搡一个胖男生。可能是感觉到我注视的目光，他也转过头看了我一眼，很随意的一瞥，却满是挑衅。我礼貌地向他报以一个灿烂的笑容时，他却把目光转开了。

可能是因为我从上海回来，也可能是我待人友善，班上的同学很喜欢在课间围在我身边，我们谈笑风生。我很感激大家的热情，每天都过得很开心。我也很好奇那个叫江浩然的碎发男生，他的脸确实有点脏，但更让我印象深刻的是他的眼神，那眼神充满了不屑和敌意。

二

几天时间里，我就观察到这个班的同学确实不喜欢江浩然，他们对他视而不见。

江浩然时常制造事端，让大家注意到他的存在。他上课捣乱，和老师顶嘴，课间总是风风火火横冲直撞，动不动就和同学产生摩擦，小至吵嘴，大到动手。

"见识到了吧，他就是这样惹人烦，老师都不知道有多讨厌他。"魏芸又一次在我面前提到江浩然。"他一直都这样吗？"我问。"差不多吧，反正他是农民工的孩子，大家从来都不喜欢他。"魏芸一脸鄙夷地说。

我却对江浩然充满了好奇，这样的男生，他脑子里都在想些什么呢？他不知道父母挣钱的艰辛，还是他知道却根本不在乎？

三

一个周末，路过街边水果摊时，我突然看见了正在整理苹果的江浩然，旁边还有一个中年女子，应该是他妈妈吧。

看见我，江浩然一脸惊愕的表情，还脸红了。看见平日里爱嚷嚷的他脸红的样子，我禁不住笑出了声。"买苹果吗？"可能是我的笑惹恼了他，江浩然低下了头，冷冷地问。"是，我买苹果，你真棒！知道帮家人的忙。"我说的是真心话，但他的脸更红了。

江妈妈热情地招呼我，有点手足无措，可能是她知道江浩然在学校并不受欢迎，突然看见我热情又主动地与他们说话，显得很开心。"你们到旁边聊吧！浩然，好好招待你的同学。"江妈妈说。江浩然这会儿看似缓过劲儿来了，脸上又浮现出往日里调皮的神情："杜同学，赏个脸到边上聊会儿吧？"我笑着点头。

坐在街道的花坛上，我们东拉西扯地聊了半天。感觉得出来，江浩然很爱说话，性格也特别活泼。可能是长期以来被排斥，年少轻狂的他居然用了一种并不受欢迎的方式引人关注。我能理解他的这种想法，因为年少的我们都希望被人关注。

话语投机，江浩然滔滔不绝说得眉飞色舞，他讲起他遥远的家乡，讲起他初来城市时经历的糗事，逗得我哈哈笑。我也说了很多当初在上海的趣事，还有我对他的期望。

"你那么棒，一定要选择一种好的方式让大家了解你，真实的、有趣的你，不必用消极的哗众取宠来博得眼球。"我说。

我的真诚，我相信他能感知。

四

回到学校，我发现我的桌洞里居然有一个大大的红苹果。

不想猜都知道是谁放的，我回过头看江浩然时，他正朝我笑。我突然发现，他的脸干净了，而且笑容可掬。

"笑什么呢？这么开心。"魏芸搂着我的肩膀问，但随即她又惊叫起来，"还有苹果呀？"

我微笑不语。

"送我吧，我正饿着。"她一点儿也不客气，抢走了我手里的苹果。

我又回头看江浩然的反应，他耸耸肩，摊开双手，一脸无奈状。我却"扑哧"笑出声。

江浩然的改变很明显，可能他也想明白了我对他说的话。希望被关注没有错，重要的是选择的方式方法。友善待人，态度真诚，努力上进，哪一样都可以让人关注和喜欢。

第二天，我的桌洞里又塞有一个红苹果，魏芸看见后，又嚷嚷着想抢，我却紧紧藏在怀里，摇头说："NO！""爱心苹果？"她好奇地问。我扬起头对她挤眉弄眼，说："你猜！"我的余光瞟向后排的江浩然，他笑得正欢。

放学后，我刻意和江浩然一起走。

"谢谢呀！你的红苹果我收下了。不过，有这一个就够了，你的笑容对我来说更重要。我们是好朋友，要一起进步哟！"我高兴地说。

"嗯！我听你的。"江浩然突然温柔得像一只小羊。

看他古怪的表情，我有点受不了了，两人忍了半天，最后同时纵声大笑起来。

选自《语文周报》2012 年第 33 期

每个孩子都是天使，不管什么出身，都是平等的。可是我们往往会因为自己的片面观察和随便下结论，就使对方跟所有人孤立起来。多点关爱和温暖，每个人都会成为好朋友。

母亲与小鱼

文 / 严歌苓

爱情是心中的暴君，它使理智不明，判断不清；它不听劝告，径直朝痴狂的方向奔去。

——约·福特

那时只有十八岁的我的母亲总是悄悄地注视着这个男人，据说这个男人的生活中一向有许许多多的忽略。连母亲的歌喉、美貌，都险些被他忽略掉。母亲那时包了剧团中所有的主角儿，风头足极了。

这个男人是我的父亲，一天她忽然对他说："你有许多抄不完的稿子？"

他那时是歌剧团的副团长，在乐队拉小提琴，或者去画两笔舞台布景。有时来了外国人，他还凑合着做做翻译，但人人都知道他是个写书的小说家。他看着这个挺唐突的女子，脸红了，这才想起这个女子是剧团的名角儿。

在抄得工整的书稿中，夹了一张小纸签："我要嫁给你！"

她就真的嫁给了他。

在我还是个小小姑娘时，就发现母亲爱父亲爱得像个小姑娘，胆怯，又有点拙劣。她无时无刻地不从父亲那里邀来注目、认同。要么穿一件画花了色彩的大褂，在一张空白帆布前走来走去；要么，她大声朗读普希金，把泡在阅读中的父亲惊得全身一紧，抬头去找这个声音，然后在厌烦和压制的矛盾中，对她一笑。

—— 和青春里的那些委屈握手言和 ——

她拿这一笑去维持后来的几天、几年，抑或半辈子的生活，维持那些没有钱，也没有尊严的日子——都知道那段日子叫"文革"，父亲的薪水没了，叫"冻结"。

妈妈早已不上舞台，身段粗壮得飞快，坐在一张小竹凳上，"吱呀"着它，一晚上都在桌子上剖小鱼。她警告我们：所有的鱼都没有我和哥哥的份儿，都要托人送给在乡下"劳动改造"一年没音信的父亲。

煎好后她真的一条小鱼也没让哥哥和我吃，我们很想吃那种酥、脆连骨头都可口的小鱼，然而我们只有嗅嗅、看着，一口一口地咽口水。

父亲回来后，只提过一回那些小鱼，说，真想不到这种东西会好这么好吃。后来他再没提过小鱼的事，看得出，妈妈很想再听他讲起它们。

她诱导他讲种种事，诱导他讲到吃，父亲却再没讲出一个关于小鱼的字。几年中，成百上千条小鱼使他存活下来，使他仍然侥偄地存活下来。

又有这个那个出版社邀请爸爸写作了，他又开始穿他的风衣、猎装、皮夹克，他也有了个像妈妈一样爱他的女人，只是比妈妈当年还美丽。

一天哥哥收到爸爸的一封信，从北京寄来的。他对我说："是写给我们俩的，完了，他要和妈妈离婚了。"信便是这个目的，让我和哥哥说服妈妈，放弃他，成全他"真正的爱情"。他说，他一天也没有真正爱过妈妈。

许多天才商量好，由我向妈妈出示父亲的信。她读完它，一点声音也没有地靠在沙发上。她看看我们兄妹，畏惧地缩了一下身子，她看出我们这些天的蓄谋：我们决不会将父亲拖回来，并决定以牺牲她来把父亲留给他爱的女人。她知道她是彻底被孤立了。

父亲从此没回家，一天妈妈对我说："我的探亲假到了。"

我问她去探谁，我知道父亲在尽一切努力躲她，不可能让她一年仅有的七天探亲假花在他身上。

"去探你爸爸呀。"她瞪我一眼，像说这还用问？！

我陪她走上了"探亲"的路，提着那足有二十斤重的烘小鱼。四月，杭州雨特稠，头两天我们给憋在小旅馆里。等到通过各种粗声恶气的接线生找到父亲的那个饭店时，他已离开了杭州。相信他不是存心的，谁也不知道他的下一站，我们绝对无法追踪下去。我对妈说，冒雨游一遍西湖，就乘火车回家吧。

妈妈却说她一定要住满七天，看着我困惑并有些气恼的脸，妈惧怕似的闪开眼睛。我明白，她想造一个幻觉，首先是让自己，其次让所有邻居、朋友相信：丈夫还是她的，起码眼下是的。她和他度过了这个一年一度仅有的七天探亲假，像所有分居两地的正常夫妻一样。

她如愿地在雨中的小旅馆住满七天，除了到隔壁一家电影院一遍一遍看同一场电影，就是去对门的小饭馆吃一碗又一碗同样的馄饨，然后坚持过完了她臆想中与父亲相聚的七天。

临回北京，我将一篓子烘熟的小鱼捎到爸爸那里。正是高朋满座的时候，这天父亲醉倒，当着七八个客人的面，突然叫了几声母亲的名字。客人都问被叫的这个名字是谁，我自然吞声。而继母美丽的眼里，全是理解，全是理解……

选自《意林 12+》2010 年第 10 期

> 爱情的痛苦使人成长，对男女都一样。没有痛苦和波澜的生活怎么可能存在？天使也不可能无事一身轻。

餐桌是最好的课桌

文／麦父

　　教育不能创造什么，但它能启发儿童的创造力以从事于创造工作。

——陶行知

　　自从儿子上中学之后，我与儿子见面最多的地方，就是餐桌上。

　　早晨六点，儿子必须准时起来，洗漱，吃早饭，然后出门去上学。这时候，我多半还没有起床。中午，我们一家三口，在各自的食堂吃饭。晚上，儿子总是最后一个回到家，课多，放学迟，没办法。

　　等儿子一回家，我们就开晚饭。为了让儿子能吃上一口热饭，妻子总是能在门铃响起来的时候，恰到好处地炒好最后一道菜。

　　儿子放下书包，径直来到餐桌旁吃饭。他总是埋头吃得很快，狼吞虎咽，很饿又很匆忙的样子。让他吃慢点，他嘟囔着："还有好多作业要做呢。"我和妻子相互看一眼，怜惜地叹口气。吃好饭，儿子一转身，去他自己的房间做作业去了，直到很晚才出来洗漱一下，睡觉。这一天就算结束了。

　　即使双休日，我与儿子见面的机会也不多。大部分时间，他在自己的房间里看书、做作业，除了偶尔出来喝口水或者上厕所。不过，双休日终究是不同的。唯这两天，我们一家三口可以围坐在餐桌旁，共进早餐、午餐和晚餐，这是多么难得的幸福时光。因此，双休日的任何应酬，我都是坚辞的。

餐桌，是我们一家三口，尤其是我们两夫妻与孩子聚在一起最多的地方。餐桌也成为我们了解儿子的一个窗口，一个非常重要的窗口。

儿子在学校的情况，除了老师告知的，我们基本上都是在餐桌上获悉的。今天在学校遇到了什么新鲜的事、开心的事或者不顺心的事，儿子都会告诉我们。这算是我们从小培养他的一个好习惯：不管遇到什么事，都和父母讲。

还是儿子上幼儿园的时候，有一天，他回来之后兴奋地跟我们讲，班上有一个女同学对他特别特别好，长大之后他一定要讨她做老婆，我和妻子笑岔了气。但我们没有批评他更没有训斥他，只是告诉他，如果你长大了还这样想的话，我们一定支持你。没过多少天，儿子就忘记了这个茬。

初中的时候，儿子喜欢上了班里的一个女生。每次看到她，他的脸都憋得通红，上课老是走神，儿子为此很苦恼。这次也是吃饭的时候，他自己告诉我们的。孩子早恋固然不好，但可怕的其实并不是早恋本身，而是父母压根就不知情，而错失了帮孩子一把的机会。

儿子告诉我们之后，我和妻子认真地商量了对策。第二天吃晚饭的时候，我们告诉儿子："你那个其实算不上早恋，顶多只是暗恋，单相思。正像你暗恋这个女生一样，说不定也有别的女同学暗自喜欢你。"

儿子的脸被我们说红了，我赶紧又补了一句："老爸年轻时，也和你一样，有过暗恋。"这下惨了，儿子穷追不舍让我交代自己的老底，我只好老实交代。儿子瞅一眼老妈说："没想到老爸年轻时还这么浪漫。"我说："你老妈也有故事。"

在儿子的追问下，妻子也坦白了，听着我们那个年代久远的故事，儿子笑翻了。我告诉儿子，喜欢女同学，这是很纯洁的感情，很正常，既没必要担心，也没必要自责，你可以把它当成一件贵重的礼物，暂时埋在心底。儿子听从了我们的建议，慢慢地度过了这一关，他和那个女同学也成了最好的朋友。

只要儿子愿意在餐桌上讲的事，我和妻子都会认真地倾听。让孩子敢讲话，乐于讲话，并把话讲完，这是非常重要的。有的人喜欢在用餐时放音乐，而在我们家，一家三口则其乐融融地边吃饭、边交谈，这是最美妙的一件事情。

　　尤其是在儿子上高中之后，我意识到让儿子与我们在一起吃饭，也将慢慢变成一件奢侈的事情，因为他很快就会离家读大学去了。到了那时，只有假期我们一家才有可能团聚在一起了。因而，每一次围坐在餐桌旁的机会，都弥足珍贵。

　　有很多时候，儿子不想讲话，只顾埋头吃饭。这时候，我就会和妻子交流一下各自工作中的情况，并就某个问题旗帜鲜明地发表自己的意见。有时候，儿子会突然冒出一句，表明他的观点和态度。不要以为孩子与这件事无关他就丝毫不关心，对这个世界，他开始尝试着用自己的价值判断，而这样的交流同样会潜移默化地影响他。

　　没错，对一个家庭来说，餐桌远不止一个吃饭的地方，它还是一个非常重要的交流平台，特别是有孩子的家庭。餐桌是家里最好的课桌，它可以帮助你教给孩子很多在课堂上学不到的东西。

选自《做人与处世》2014 年第 24 期

　　很多教育孩子的方式都太过于讲究形式，说得有板有眼，弄得特别正式。这种方式没有哪个孩子会喜欢，而这样培养出来的孩子大多是没有主见的。教育方式也需要灵活运用。

你必须跟我走

文 / 周月霞

爱之花开放的地方，生命便能欣欣向荣。

——梵·高

这是最末一班车了。

夏天昼长夜短，都快六点了，太阳才不情愿地往西爬。算上那个气喘吁吁跑上来坐到我身边的女孩，正好满座。司机发动车子，满意地吆喝了一句：走着！

昏昏欲睡的我，给这一嗓子嚷得清醒了许多。这时，一个戴红色旅游帽，身材高挑而瘦削的中年女售票员俐落地跳上车。她的眉眼和影星朱琳很相似，脸上挂着矜持而优雅的微笑，她的出现骤然使我回想起当年我做客车售票员的时光。

身边的女孩笑吟吟地把票钱递给售票员，她伸手接过，呆望着女孩，笑容猛地凝住。女孩脆生生地说："阿姨，我去邢家屯，得在三里桥下车。您别忘了到站让司机师傅停车！"

"哦，三里桥。"女售票员诺诺地应声，却紧跟着问："这个时间没有去邢家屯的班车了，你怎么回家呀，步行？"

"那个路口有很多顺风车的，总有好心人让我搭……"女孩浓密的长睫毛自然上翘，她忽闪着大眼睛，不无得意地说。女售票员欲言又止，认真看了女孩一眼，叹口气，摇摇头。我分明看到她在扭过脸的瞬间，眼里噙了泪。

　　　　— 和青春里的那些委屈握手言和 —

她怎么啦？我心底陡然生出一股好奇。女售票员却再没回头，把直挺挺的脊背决然给了我。女孩掏出手机，表情温柔而生动，嗯哦地跟男友打起电话。大体意思是说，她有生日礼物送他，她马上就到了……

　　太阳变成个大红球，努力地做一天最后的跳跃。公路两旁的庄稼长势喜人，绿油油密匝匝的叶子在夕阳下闪着光。大巴车陆续丢下一个个旅人，挟着花香的晚风，飘进车窗，冲淡了越来越空的车厢里的汗渍味道。

　　太阳落山了，天空变成灰蓝色。女孩不时向窗外眺望，三里桥快到了，女孩低头开始整理身边的几个手提袋。

　　那桥越来越近，桥那头的路两旁是一人多高的夏玉米，一眼望不到边，桥栏边居然停着一辆黑色轿车。

　　女孩吐了吐舌头，偷偷笑了笑，她在窃喜那或许是一辆顺风车。

　　这时候，女售票员突然转过头看了女孩一眼，似乎想说什么，却张张嘴什么也没说。已经看见三里桥的红白栏杆了，她猛地一把扯下帽子，赫然露出满头白发。她几步来到司机身后，凑近他耳边低声说着什么。司机诧异地看看她，回头瞥了一眼，又顺她的手指望向窗外，若有所思，使劲点点头。

　　三里桥就嗖的一下被汽车甩到身后。

　　"停车！我要在三里桥下！"女孩噌地站起来，喊了一句。

　　女售票员头也不回，好像没听见。

　　"哎！过站啦！我要下车！"女孩急了，大声叫起来。乘客们也帮着喊："怎么到站不给人家停车啊！听见没，啥工作态度……"

　　"停车，我要下车！"女孩在颠簸的车尾摇晃着，几步冲到女售票员面前。

　　女售票员伸出双手扶住女孩，她望着女孩，轻声说："孩子，你别急，你自己下车，我不放心，天都黑了……"

　　"关你啥事啊！我在哪儿下车是我的自由，我家人都在等我。停车，停车！"女孩咆哮起来。

"不行！今天，你必须跟我走！"女售票员脸一沉，声音提高了几度。毋庸置疑的语气突然使骚动的车厢安静下来，她长舒一口气，柔声央求女孩："孩子，我不要你车钱，阿姨真的是为了你好，我送你去邢家屯！"

车厢里有旅客恍然大悟，附和着说："是啊，闺女，晚到一会儿没事的……人家是好心，你就别生气了！"女孩也一下理解了女售票员的良苦用心，不再执拗，悄悄退回到座位上开始拨打手机。

女孩下车的时候，天已经完全黑了，她的男友早就在村口等候。

女售票员把脸紧贴在车门上，望着女孩远去的背影发呆。司机一边倒车一边问："这是今年第几个了？"

"记不清了！不好意思，又害你多走了十来里路。可我控制不住！大眼睛、长睫毛，真的太像我女儿了，还有，庄稼地，顺风车……我的青青！十年了，妈啥时才能找到你啊……"女售票员有些语无伦次地喃喃着，她颤抖着双肩，泣不成声。

我也哭了，却没有勇气说出哭得一塌糊涂的原因。十年前，也曾有个女孩在夜幕降临时独自走出我的车门，后来就失踪了。我一直自责，当时为何不坚决地对她说："孩子，你必须跟我走！"

选自《2014 年中国微型小说精选》

人生有好多遗憾，因为没能及时挽留，便再也见不到彼此了。世界就是这么大，走丢了，便再也寻不见。愿所有的父母都能看好自己的孩子，不要骨肉分离。

— 和青春里的那些委屈握手言和 —

我的表哥

文 / 水玉兰

江水三千里，家书十五行；行行无别语，只道早还乡。

——明·袁凯

不是所有的记忆都会被时光漂白或淡化，比如感恩，比如歉疚，我对金贵的怀念就属于后者。

一

金贵是我表哥，他在世时我们兄妹从没喊过他，都以"哎"替代，我们轻视他，为他这么多年来对我们家庭造成的拖累和父母间的不合。这种轻视从少年一直持续到我们长大。

金贵娘是我姑姑，姑父刚去世那会儿，生活困顿的姑姑，隔十天半月就拖着四个孩子，步行二十多公里从乡下到县城我母亲这里蹭几餐饱饭。

饭桌上，金贵像饿死鬼投胎，总是嘴里的菜没咽下，筷子已经夹住新目标，惹得抢不过他的两个姐姐大哭，母亲多少有点不高兴。后来，姑姑再来，便想法子哄骗金贵留在家里，常常是姑姑前脚刚进门，后脚悄悄跟上来的金贵就把门砸得咚咚响。

姑姑走那年，金贵刚 12 岁。据说姑姑走的头一天，还举着笤帚满村追打金贵：原来金贵趁姑姑不注意，把弟妹手里的蜀黍饼子又抢吃了。

因为吃，金贵不知被打过多少回，但每每好了伤疤忘了疼。那晚抵御不住寒冷的金贵已做好思想准备——挨揍，奇怪那晚姑姑非但没打他，还给他留了一碗可照见人影的稀粥。没有挨打的金贵带着百思不解的困惑很快睡熟，早上被妹妹弟弟的哭声吵醒，他爬起来喊娘，却怎么也喊不醒娘。

父母接到噩耗，冒着漫天大雪赶到乡下，看到平时混球似的金贵痴傻傻地撑着胳膊像只笨拙的母鸡搂着腋下三个不停哆嗦的弟妹守在母亲的遗体前。母亲的眼泪哗一下涌出来，像屋外漫天飘舞的雪怎么也抹不干净了。

姑姑入土了，金贵的三个叔叔经商量，每家领养一个，六岁的表姐送人。金贵听了，已经有几天没开口的他撒起泼来，满地打滚放赖。三个叔叔一看，转身都走了，滚了一身泥水的金贵自个没趣地爬起来。

半夜，母亲被剧烈的砸门声惊醒，打开门，看到屋外雪球似的金贵。第二天父亲带金贵赶到村里，小表姐已被抱走。金贵听到，嗷嗷叫着把二叔家水缸里的水瓢摔在地上又上去补上几脚。父亲害怕再出意外，表示我们家每月愿出 30 斤供应粮贴补，但以后凡事须跟他这个做舅舅的商量。

二

为这 30 斤供应粮，父亲申请到基层上夜班，每月可多得 6 斤粮票补贴。差口还差一大截，金贵隔三差五拉着弟弟上门，母亲把左右邻居家粮票几乎都借遍了。在外面吃了脸子的母亲开始拿脸子给金贵看，和父亲不断发生摩擦，可金贵对这些不闻不问，好像跟他不相干。

一次母亲闹大了，收拾衣物要回娘家，两个姐姐扯住母亲的衣襟嚎啕。金贵像明白过来，背起四毛一摇一晃地走了，隔了大半月没有来。父亲送粮食到乡下，回来告诉母亲，金贵被他三婶用锅铲砍伤了肩膀。收留小表哥的三婶把蜀黍饼藏在柜里，一天三顿菜糊的四毛瘦成了人干。

不知金贵是如何发现柜子里的秘密，趁三叔三婶上工，用斧子砸坏柜门，偷出饼子喂弟弟，差点没把四毛噎死。

没几天，金贵拉着两个弟弟再次上门。母亲查看金贵肩膀上的伤口，眼圈红了，金贵拱进母亲怀里。母亲摸着金贵的头叹气：唉，自己的亲爹都没法顾了，上辈子欠了你们的。从此，金贵又开始了隔三差五地上门。

金贵十三岁时，在父亲的争取下和几个堂弟兄一起上学。刚上几天，没人照看的四毛掉进门口的水塘，所幸及时捞起，金贵自此再也没去过学校。

已经五岁的四毛有轻微的智障，常被村里孩子恶作剧，金贵为这经常与他们打架。金贵打架够种，伤得再重也不哭，时间久了，村里孩子真有点怕他，不敢轻易耍弄四毛了。

一晃，金贵十六岁，一次为四毛与三叔发生争执，负气把两个弟弟接回了老屋。除了不识字，金贵其他方面都很能干，尤其逮鱼摸虾，让成年人都眼红，此后几年，金贵靠此为生。

二毛初中毕业，被村里推荐去了部队，金贵得瑟得不得了，卖鱼时总不忘告诉别人自己是军属。

三

金贵进城卖鱼，大多在我家蹭过午饭再回村。却很少舍得把自己逮的活鱼带两条过来，即使带，也是卖剩下的鱼渣。

有阵子，金贵常常是人没进门，歌声先飘进来，只是那歌声难听，偏偏金贵每次唱完都要虚心地问我和三哥：大哥唱得好听吗？我和三哥不理。没想到一贯会算计的金贵，竟奢侈地掏出几块水果糖，高举着一定让我们回答。我和三哥眼巴巴望着糖只好说些"昧良心"的话。

后来金贵三婶进城，我们才知道金贵大方是因为和村里一个姑娘相好了，可种子刚萌芽，就被姑娘的父母发现连根拔了。姑娘的父亲指着金贵的鼻子恼怒地说：看你那穷样，还敢打我闺女主意。金贵为之失落了很长一段时间。

转眼几年过去，母亲看见金贵二叔、三叔的孩子相继成亲，便托乡下表姨给金贵张罗。表姨为难地说瞧他那四面漏风的房子，说也白说。

金贵知道后，恨不能24小时耗在水塘边。三年后，金贵拿出卖鱼挣得的全部积蓄和父母的资助又借了一部分，在老房子前面建起了二间新房。房子刚建好，前后来了两个媒婆，一个给金贵说，一个是给刚退伍的二毛介绍的。

二毛和那姑娘谈了不到半年，媒婆上门捎话，说那姑娘的奶奶病重，想赶在年前把事办了。二毛眼巴巴地望金贵，金贵愣怔了下，反应过来，把手里编了一半的鱼篓猛地掼在地上，气咻咻冲二毛喊："想占新房是吧？自己盖去。"二毛闷声不语。

新房最终还是给了先办事的二毛，结婚那天，父母喝完喜酒，不见了金贵，找了半天，才在一处墙根下找到呼呼大睡的金贵。母亲担心他酒后受凉便伸手拍，没想到金贵搂住母亲的胳膊嘟囔着喊娘，母亲愣在那里半天抽不回手。

没几日，金贵谈的那姑娘家人让媒人捎话过来，盖得起房过年就办事，盖不起房就不要互相耽误了。金贵的婚事就这样黄了。

结过婚的二毛，知道新房来之不易，努力发挥它传宗接代的作用，一连气生了三个孩子。升做大爷的金贵，和升做父亲的二毛一样充满成就感，这种成就感让金贵攒不住钱。眼看金贵三十好几，母亲急了，让金贵实施分批建房计划，今年备黄沙砖瓦，明年准备水泥木头。

四

材料总算备齐，金贵打算过年后开工，可有了盼头的金贵却日渐消瘦，架不住二毛劝去了医院检查——乙肝伴轻度腹水，住院押金要交两千。为难的二毛找来我们姐妹，让我们劝劝心疼钱死活不愿住院的金贵，还有……钱没带够。我和姐姐劝金贵身体比钱重要，就掏口袋凑钱。

二毛排队缴费去了，金贵抱头蹲在墙角发呆，嘴里咕哝着：咋这么倒霉？咋这么倒霉？我和姐姐在一旁连连安慰。金贵忽抬头盯着我们：钱可是你们自己愿意掏的……我和姐姐互相望了眼，心里老大不痛快。

为这话，金贵住院期间，我们一次都没去看他。一次替父亲送棉被，金贵看见我，显得受宠若惊，忙用衣服擦了凳子招呼我坐，我推说有事。金贵看起来有些失望，张张口最终什么也没说。

事后才知道那天上午金贵和医生吵架了，金贵接到一张单子，同病房的病友告诉他是催款单，一千元。金贵的火气蹭地喷出来，找到医生办公室嚷起来：你们是医院还是山寨，才几天又要交钱？正吵得热火，二毛赶到赔不是，请求先吊水，明天送钱过来。

第二天上午二毛送钱过来，脸上挂着几道抓痕，这让金贵感觉很没面子，骂二毛窝囊，被老婆抓伤还好意思出门。被骂的二毛感到委屈，负气说：再交钱，只好抵院中的材料了。金贵叫道：你敢！看我不揍扁你，你是饱汉不知饿汉饥！金贵的话让同病房的病人忍不住都笑了。

半个月后，金贵出院来还棉被。父亲见他气色很差，嘱咐他回去按时吃药，以后再不能再拼命干了。金贵木木地答，我这病就是废人了。

母亲以为金贵心疼钱，便拿出五百元塞给他回去滋补，金贵推辞不要，直到父亲发火才收起。金贵走后，母亲在院中窗台上发现那五百块钱，母亲心里忽有种说不出的感觉。

金贵回去第三天，金贵三婶的儿子柱子一大早赶来，没等父亲开口招呼他坐，柱子就拖着哭腔：金贵哥走了，父亲跌坐在椅子上……

金贵是喝农药走的，回去的两天时间，金贵每天靠着材料坐在院中晒太阳。第三天早上，早起的柱子发现身体已经僵硬卧在塘埂上的金贵，旁边放着空了的农药瓶子。不知谁从金贵的口袋里翻出医院的催款单，二毛当即泪水滂沱。

直到父亲去世，我们姐妹也没敢把催款单的事说出来，我不知道天堂里的金贵和父亲重逢后会不会说。十几年过去了，这种猜测一直在我心里萦绕，萦绕……

选自《黄河 黄土 黄种人》2014 年第 7 期

> 我们总是亏欠了某些人，寒心了某些人，愿那些善良的人，在另一个世界，安好，安好！

假币变真钞

文 / 顾文显

> 言无常信，行无常贞，惟利所在，无所不倾，若是则可谓小人矣。

> ——荀子

退休工人于老大正趴在小桌上写稿子想赚稿费呢，他的老伴兴冲冲跑进来说："老于，你还骂我，看这是什么？"于老大抬起头一看，老伴手里拿着一大把票子，他不知发生什么事呀，直愣愣地看着对方。

老伴笑着说："那张假钱，让我花出去啦，看你还骂我笨不！"老大一愣，反问道："怎么回事？你说。"

"我越想越窝囊，脑子一转弯，他们熊我，我就不会熊他们？我上了一辆中客，嘿，买1元钱的票，找回来99元。"于老大一听，顿时黑了脸："你混蛋！咱们已经吃人家坑了，怎么还好再坑别人！"

老伴让他骂得不敢吭声，心想，我上当你骂我笨；我补救了，你又骂我混蛋，这老婆还怎么当？她退到灶间悄悄地抹眼泪。

事情是这样的：老于单位裁员，他下了岗，老伴早就没了工作，更是无生活来源。为生活，她只好批点干菜到市场上卖，多少折腾赚个油盐钱。可是，老伴没经验，在市场上忙活一天，到天黑却收回来一张假币，气得于老大连声骂她不中用。没想到老伴挨了骂，又拿假币去害了别人，于老大能不生气吗。

于老大越想越窝火，他这人脾气暴，一赌气躺到炕上，晚饭也不吃了。

老伴左哄右劝，于老大就是不吃饭。她能不心疼吗，想想也是，穷死也不该再坑别人，她就说："老头子，你也别上火啦，这钱能还给人家：我坐那车时记住车号啦，尾数是 3544，跟咱路口电话厅号码一样。当时我就觉得一定有好运气，花出假钱时，我还仔细端详卖票的小媳妇，心里想，你要是给车主打工的，这钱可就坐蜡啦。老实说，我心里也一直胆突突的，我这就领你堵那车去。"

听了这话，老于这才爬起来，饭还是不吃，跟着老伴来到大街上。站了 2 个小时，到底让他们堵着了尾数是 3544 的那辆中客，车上可不就是那位女售票员吗。

于老伴红着脸递过去一迭子钱，对那女售票员说："闺女，你看我这老脸没场放啦，我家老头子弄张假钱，我把它花给了你。我得还你，虽然钱零碎一点儿，但这可是真的。"

一句话把女售票员说愣了："大妈，您说啥？我倒是记得好像有个老太太拿张百元票坐过这车，可那钱我细看过，没错呀。"老太太说："你看得太多，难免有马虎的时候，不过我可不能坑你，也绝不能让你再坑别人，那假钱你得还我。"

售票员感动地盯住老两口看了又看："真是两位善良的好老人，这车不开啦，帮您二老查找假钱去。"原来这车是她自己的，开车的是她丈夫，她讲了当然算，车子立刻掉头开往江边。

去江边做啥？女售票员记得很清楚，她总共收了 8 张大票，都交给朋友买皮衣去了。马上去讨，钱没出手，也许来得及。她领老两口很快找到那位卖衣服的朋友，说明情况。

那朋友也很感动："您二老这样做太对啦，这假币真害死个人，它扰乱市场，把不少人的思想都扭曲了。可我数钱时认真看过来着，那些大票里没假币呀？"她把那迭钱找出来："大妈，您细看，哪张是？"

老太太找了半天，确实没有，也很奇怪："莫不是当初看花了眼？"

"瞎说！那假钱能认出来的，咱楼下小卖店不是也帮着看来着？"于老大扒拉了那些钱后也直了眼："不对呀，闺女，你是不是搞错啦，那假钱我可绝对认得。"

卖衣服的女子一拍大腿："糟啦，我可能要丢大人，赶紧补救。二老还得跟我跑一趟，做个证，别让老师误认为我们做生意的人见钱坏良心。"她不由分说，拉上大家就走。

原来，那小贩接到售票员的钱，刚回家就见儿子在家撅嘴："给你打电话怎么老是不接？学校号召同学们捐款支援灾区，大家都捐了，只剩下我自己，多丢人！"

小贩连忙哄儿子："妈事多，没听到手机响，这样吧，咱捐 100 元够不够？"她就从这些钱里抽出一张百元大票，儿子欢天喜地，接过钱，立马到老师家补捐去了。

"老师若是发现捐的是假币，那对我们孩子，对我们做生意的会是什么印象！"小贩急得脸通红。

到了老师家，老师也奇怪："这张钱我看啦，不是假的！"她把钱递到老两口面前："您二老看看，学生还没走，我家就这一张钱，白天捐的都送储蓄所暂存了。"

几双眼大的瞪小的：这张钱也是真币？

果然出鬼啦！于老大抓耳挠腮，半天，一拍大腿："跑不了，是他干的！老师闺女，假币案子破啦，他即使想赖帐也没门！"

于老大年纪大不假，可是他搞文学的年头短，就认了位年轻作家小高为师。这小高老师时常到老于家辅导他，也觉得老于生活经验多，听他唠嗑挺有收获，人家谦虚道："切磋，互补。"

老伴不在家，小高可不来过一次嘛，看老于正生气，问明情况，讨过那假币看了看，没说什么，又给夹回那本杂志里了。二人谈了一会文学，对方突然要喝点酒，老于笨手笨脚去切了点咸菜。肯定他趁这功夫，把假币换了去……"他这是看我们老两口日子艰难，又担心我们为此事总吵架，才故意偷偷换走的……"老于头感慨不已。

女教师听着，竟然被这故事深深地打动了。她说什么也要陪着老两口一道去破这个假币案，说是要把这故事讲给她的同学听，这高尚的品格和高尚的友谊，本身就是一个绝好的作文教材！

找假钱的人越聚越多，直到找到那小伙子的"家"，原来是艺术馆的办公室。人家刚调到这单位不久，清水衙门，还没分到房呢。

老于说："小高老师这人，他肯定不会承认偷换了假钱，我得智取。不信你们瞧。"

见了面，老于问："小高老师，你是不是换走我的假币啦？"

"那钱，我不是还给您了嘛。"小高果然矢口否认。

"不对，你看过后，再没有别人到过我家，我有数的。"

"于大叔，我真的还给您啦，您肯定是喝多酒记串了。"

"哎呀，小高老师，你可坑了我啦！我那张假币非同一般，今天我才知道，它有收藏意义呢，人家给我 2500 元要收购……"

"这……"小高脸立刻涨得通红，他从一本杂志里找出一张大票，双手递到二老大面前："于大叔，我确实不了解这里面的实情……可是，即使有人要买您的，也一定要搞清楚他是不是真的收藏，我觉得收藏假币也未必合法。"

于老大接过假币，看了一眼背面，哈哈大笑："是它！我怕它再害人，特意在背面做了个作废的记号……"

一直躲在后面不语的女教师在身后开口了："小高……"她进门时用围巾遮住脸，这回掀开，露出真面目。

"怎么是你？"小高也愣了。

女教师对大家说："这事也不算丢人，我实说了吧。今年春天，有热心

— 和青春里的那些委屈握手言和 —

同事要给我俩介绍做朋友，见了几次面。我嫌他话不多，谈着谈着老是溜号，当老师的，顶不喜欢思想溜号的人。我觉得他有些呆气，就提出中断朋友关系。没想到，小高有这么好的心肠……你能原谅我吗？"

小高瞅瞅这个，看看那个，越看越糊涂："到底怎么啦？"

于老大心里可明白："怎么啦？你害我折腾了半夜，差点没饿死老夫……不行，大家得陪我喝一盅去，顺道为你们俩人破镜重圆的事庆贺庆贺，一个也不兴推辞！"

选自《故事林》2009 年第 19 期

作为社会上的一份子，我们每个人都有责任在假币面前说不。抵制假货，让生活更美好。

赢在奔跑过程中

文 / 莲叶深深

我以为挫折、磨难是锻炼意志、增强能力的好机会。

——邹韬奋

输在了起跑线上

我抱着《窗边的小豆豆》《海底两万里》《中国童话精选》等好几本家教专家推荐的书，对 10 岁的儿子兴高采烈地说：妈妈给你买了很多好看的书，你快来看看。正在画画的元元抬头看了我一眼，不耐烦地说：我不爱看！下次你别给我买了！

我耐着性子说：好孩子，你翻翻好不好？这些书都是写小朋友的，又有趣又有意义，很多孩子都喜欢的。元元不情愿地放下画笔，把这些书挨个翻了几下，然后说：我可没觉得有意思，不爱看！我再也忍不住，大怒道：你必须看！这些书看不完就不许再画画看漫画！看我生气了，元元不敢再说什么，便随手拿起一本书撅着嘴看起来。

可看他百般无奈的样子，我没法相信他能真正读进去，只好喟然长叹。

同样是 10 岁的男孩，办公室同事刘菁的儿子阳阳就是一个小书虫，人家从小就爱看书。别说书了，就是看到任何一张有字的纸都不放过，都能读得津津有味、专心投入。

每天放学后，两个孩子都会来到我们办公室，阳阳会安静地坐在妈妈的办公桌旁，专注地看一本本的书。我的元元呢，一会儿蹲在地上拼图折纸，一会儿非要用我的电脑玩游戏，更多的时候干脆跑到外面不知玩啥去了，害得我下班后得到处找孩子。

到了小学毕业之前，读书多的阳阳已经能把书中的故事讲得头头是道，古今中外天文地理无所不知，作文写得文采飞扬，让所有人都夸奖赞叹。而元元呢，就是会玩，玩得花样百出，兴致勃勃。可是，玩能玩出好成绩吗？玩能玩出好前途吗？看他各个学科都学得马马虎虎，而语文和英语成绩更差。毫无疑问，这是就阅读太少的原因。

和人家相比，我的儿子已经输在了起跑线上。

培养敌不过热爱

我很郁闷。

同样是教师，我还是学校公认的"才女"，单位所有的材料大都是由我执笔完成的，经常在报刊上发表散文随笔。可我的儿子居然不如人家孩子文科学得好，真是岂有此理！

我翻阅了大量家教著作，精心制定了一个培养孩子阅读的规划：比如每周带他去一次书城或者图书馆，每天晚上与他亲子共读一本书，每周完成两篇阅读日记等等。

我对老公说，我就不信，培养不出他热爱阅读的好习惯！老公劝我，算了算了，孩子爱干什么就干什么吧，何必非要阅读不可呢。我说不行，我是教师，我懂教育你不懂，不爱阅读的孩子将来是不会有文化有发展的。

然而，我努力半年，却成效甚微。虽然在我的严令下，他能读一会儿书，却总是心不在焉。我问他有什么心得感受，他经常是一片茫然。后来再让他看书，他就两眼发直，目光呆滞。

老公生气了，说好好的孩子，你别把他逼傻了。不爱读就不爱读，咱以后学理科就是了。我实在没招了，只好退而求其次，放弃了有文化有品位的名著，给他买《金庸全集》《阿加莎侦探小说》，甚至《故事会》这类通俗读物，他才算多少看了点。

我不得不承认，再努力的培养也敌不过孩子自己的兴趣和热爱。我的孩子就是不爱读书，那就随他去吧。

快乐的初中时光

元元读了初中后，心灰意冷的我基本上已经对他放任自流，除了老师要求家长签字的试卷，其余的我一概不看。别人争先恐后地给孩子找班补课，唯恐孩子落后，我也没给他找，因为我觉得他已经没有了培养前途，我何苦还花钱费力呢。

我不管他，元元乐得不行，每天放学回家飞快地写完作业后就开始各种玩。做模型了、画画了、做各种物理实验了，看电视里的《动物世界》《艺术创想》了，偶尔也会翻一些科普方面的杂志和书。初二的时候，居然让我给他买达尔文的《物种起源》。

每天在办公室刘菁都问我，你家元元昨晚几点睡觉的？我说九点半啊。刘菁说，那么早？能写完作业吗？我说，他说他写完了啊，我也没见有老师找我说他没写完作业啊。

刘菁叹息，你家元元作业写得真快，我的阳阳几乎每天都要写到十一二点，他累我也累。开始我还以为是认真的阳阳写得慢，或者班级不同作业有多有少，后来跟元元同班同学的家长谈起，才知道原来大部分的孩子作业也都要写到很晚。

可我的元元简直就是轻松愉快，更让我惊奇的是，几次考试下来，他的成绩虽然不拔尖，但是也能混上上等之列。知道元元实际情况的亲友无不羡慕地对我说，你真是命好啊，摊上一个聪明儿子，不怎么学习成绩也能好。

我也觉得我像是摸到大奖了，难得这孩子又省钱又省心，最好的是，人家学习还不累啊！心情好了，对孩子也就更宽容了，对他不爱阅读的习惯也就不再耿耿于怀了。

中考时，不爱阅读的元元和爱阅读的阳阳以差不多一样的分数，考上了同一所省重点高中，还幸运地分到了一个班。

赢在奔跑的过程中

读高中后，虽然科目一下子增加到了九科，可元元依旧学得轻松自如。第一次期中考试结束后，出乎所有人的意料，元元竟然考了全班第一名，当然他的文科成绩没有理科好，但也没差太多。

我有点怀疑，问他：你是不是瞎蒙的啊？你这样子，怎么能考第一呢？元元也很茫然地说：我也不知道啊。不久后期末考试时元元再进一步，竟考了全年组第一名。

相比之下，阳阳的成绩却是急速下滑，差不多已经到了中等左右的位置。阳阳问妈妈，元元还没有我努力呢，他经常在周六周日和同学一起去玩，可成绩怎么就那么好呢。阳阳妈说，那还用说，人家在家偷着学呗。刘菁把这话转述给我，我忙说，哪有啊，元元真的没偷着学。

看元元的成绩单，他的理科优势明显，但文科也不弱。我万分惊讶，一个从来不爱读书的孩子，怎么能将文科也学得如此好呢？我百思不得其解。第一次，我放下身段虚心问元元：那些文科你是怎么学的，我也没看你认真背过啊？

元元笑，妈妈，你太落伍了。现在很多文科的内容都需要动脑筋去想，就算是需要背的内容，我也是理解的背，很轻松就记下来了。我翻看他的地理历史，果然里面有很多需要动脑筋进行综合分析的内容，比如地理中的经纬度、气压气流，历史中的经济史、科技史等，都不再是我们印象中只要死记硬背就能学好的科目了。

我翻看他期末试卷写的作文，是一篇用材料写的议论文，一边看我一边大惊失色。文笔很一般，一看就知道作者读书不多，所以词藻不够丰富，并且时有重复。然而整篇文章逻辑清晰、层次分明,引用恰当,观点鲜明,虽然语言不够优美,但说理很深刻。整篇文章思路连贯,一气呵成,所以老师给打了高分。

看着他的作文,我久久无语。

习惯了我一向喋喋不休的儿子有点忐忑,问我,妈妈,我的作文写得不好吗?

我叹了口气,对他说,不是我偏爱,你的作文虽然文采稍逊,但真的很不错,比我当年写得好多了。妈妈放心了,就算你将来大学毕业找不到工作,也完全能够改行从文,写稿为生。

他问我,我也能像你一样,在报刊上发表文章然后挣稿费吗?我摇头说,哪只是发表?你要是肯用心再多读点书,多练习写点,超过我根本不是问题。

他很高兴地抛开我继续玩去了,可我却陷入沉思中。我终于明白,原来仅有阅读经验或者仅有数理知识都是不够的,对孩子来说,一边读,一边玩才是最科学的。让以阅读为主的文科丰富他们的文化底蕴,让以玩为路径的数理激活他们的思维。文理协调发展,孩子的学习才会更轻松,掌握的知识才会更全面。如此,才是最好的教育,最好的生活。

我的儿子,输在了起跑线,却赢在了奔跑的过程中。

选自《少年儿童研究》2014 年第 6 期

> 人的成长,不是一时的高低,而是要在一路上分出胜负。走走停停,经历挫折,发现兴趣,练就品德,人就是这样成长并成熟起来的。

穿过流年的风筝与风

文 / 北卡不卡

> 音乐，是人生最大的快乐；音乐，是生活中的一股清流。首先，是陶冶性情的熔炉。
>
> ——冼星海

记得六岁那年，我的音乐启蒙老师曾说过这样一句话：音符是这世上最恒久而美妙的载体，它会带领你探索自己的内心，直到垂垂老去的那一天。

彼时我尚且年幼，不懂得其中深意。直到最近几年，我拥有了一份薪资不菲的工作，每日在繁华的楼宇之间辗转奔波，这才逐渐知晓了音乐的奥义。

越长大越觉得，人生其实就是一场勇往直前的单程旅行。

在这绮丽的旅途中，每个人都将捡拾属于自己的记忆与温情，而美妙的旋律则是藏于途中的行囊，为我们装载许多平淡却不平凡的爱与美好。

在过去的二十几年里，我曾路过许多风景，也曾遇见许多人，经历许多故事。假如可以，我想用最清浅的歌曲，来纪念它们最深刻的轮廓。

我的童年是在青葱的田野间，和爷爷一起度过的。

记忆里，爷爷是个和蔼又淳朴的老人。在他照顾我的五年时光里，我从未见过他为什么事情大发雷霆。许是这个原因，我至今仍觉得这个世界应该是平和而充满温存的。

两周前，我搭乘 K 字火车，回家乡参加爷爷的八十岁生日宴。路途中，我从列车广播里听到《绿茶》这首歌。

"回忆把时间凝结成一幅画，那年天空的颜色刚刚好，绿茶的香味随着风在飘，我总喜欢这样的美好。不管故事里花落了多少，梦还在，幸福在转角。"

唱歌的少女有着清冽而无忧的声线，她不知疲倦地唱着那样美好的歌词，不由得将我的思绪带回到从前，那静谧安然的童年时光。

我从小就喜欢睡懒觉，可爷爷从年轻时便习惯了早起。每天清晨五点半，爷爷都会准时打开收音机，津津有味地收听他最爱的京剧节目。日子久了，我也逐渐习惯了被难懂而极具穿透力的戏曲叫醒。浅色阳光暖融融地落在简朴的窗台上，我懒洋洋地伸一个懒腰，半眯着惺忪睡眼，听窗外传来声声蛙鸣。

因为起得很早，所以每天似乎都变得充裕而漫长。其实在那样悠游的时光里，我和爷爷却都没有什么事情是非做不可的。长大以后，我在职场中忙得颠三倒四，才终于后知后觉地明白——曾经安闲和缓的生活，其实是那么难求的一种幸福。

爷爷有自己的菜园，可他不喜欢种菜，只喜欢养花。赶上阳光明媚的好天气，他会在自己的露天园子里待上一整个上午，时而给玫瑰浇水，时而替茉莉剪枝。这种时候，我一般都会乖乖地扮演爷爷的小尾巴，跟在他身后问东问西，听他将每一株花的习性和来历讲给我听。我常说等我长大赚了钱，一定要给爷爷买个比操场还大的花园，可爷爷从来都不置可否，只是浅浅笑着，慈祥地抚摸我的头发。

许多个闲来无事的下午，爷爷都会带我穿过一望无际的玉米田，去村庄那边的八中操场打发时间。学校门口有一家杂货店，每次路过那里，爷爷都会给我买一些零食。印象最深的应该是三分钱一包的巧克力糖，其实不太好吃，但恰恰是这种廉价而寻常的三无糖果，不知不觉间甜蜜了我的

— 和青春里的那些委屈握手言和 —

整个童年……

时过境迁，如今，爷爷所居住的村庄早已拆迁改建成一栋栋高楼，我所熟悉的蛙声与蝉鸣也仿佛都随着曾经的砖瓦一起留在了过去。而念旧如我，则早已习惯了反复循环地听那首《绿茶》，让自己在单纯而清甜的歌声里，努力回忆儿时那些淡淡的、深深的小美好。

去年冬天，趁着春节休假回家，我约了几位高中时期的好友，一起回母校看望老师。

乘坐公交车时，我们聊起高三下学期时的一次模拟考试。朋友开玩笑说我当时一定是抄了学霸的答案，否则像我这样数学常年倒数的人，怎么可能突然考了将近满分。

对于这件事情，我至今仍然记忆犹新。

记得那次数学考试是在午休之后进行的。考试前的中午，我因为之前完全没有复习，所以很有些自暴自弃的意思，连午饭也不吃，拽着同桌一起跑去学校的机房，聚精会神地玩了一个多小时的超级玛丽。结果到了考试的时候，整个人昏昏沉沉，逻辑感似乎已经飞到遥远的山那边，而我只能凭借感觉来答题。

也许我的逻辑实在是太不争气，所以不用反而更好。于是误打误撞，我竟考了个难得的高分，还因此受到班主任的鼓励，说我坚持下去一定可以考清华。当然，清华是说笑的，就连本科大学我都是磕磕绊绊才勉强考上的。

毕业聚会时，有人在KTV里特意为我点了一首后弦的《哥德巴赫猜》。

"哥德巴赫，深思眉头紧锁，两个实数变成一个枷锁；1742，数学方程传说，机关算尽怎么难以颠破……"

我听到歌词便瞬间了然——这些无聊的家伙，到什么时候都不忘嘲笑我惨不忍睹的数学成绩，以及那次昙花一现的人品爆发。

提起当年的种种趣事，每个人都不免莞尔一笑，而回忆起曾经的友谊，又觉得到底意难平。我和朋友们就这样一边闲谈，一边沿途上山。

　　高中有两个校区，我们这一级的学生都被安排在半山腰的分校上课。

　　从前，分校门前的那条环山路是用老旧的青石板铺就而成的，虽然凹凸不平，却别有一番情调。后来分校扩建，这条石板路也几经修葺，变成了平坦而敞阔的柏油马路。

　　在我读书的那几年，分校周围还没有现在这么繁华。校门外没有琳琅满目的精品店，也没有种类齐全的小吃摊，只有零零星星几个小贩，在中午和晚上摆地摊兜售书本和文具。

　　每到午休或者放学时间，我们都会成群结伴地跑出校门，嬉笑着围在小贩周围。有时候，我们会认真争论哪支圆珠笔更划算更漂亮；还有些时候，我们会买回几本课外杂志，偷偷藏在书包的夹层里，满心欢喜地以为这样就能拥有属于自己的小天地。

　　从高一到高三，笔袋里剩余的空间越来越小，杂志也终于多得藏不住，我这才恍然知晓，原来时光早已在不经意间一晃而过。

　　时隔经年，校园里的很多旧景都已无处寻觅，然而值得庆幸的是，那栋浅灰色的教学楼仍旧是记忆里的模样——简单的环廊结构，明亮得像是要在每个人的心中写满对未来的期望。

　　我们去时恰巧赶上课间，因此听到了回荡在教学楼里的、久违的钢琴声。身穿蓝色校服的女生端端正正地坐在一楼正厅，任由灵动的指尖在黑白键之间自由跃动。她梳着规规矩矩的马尾辫，脸上带着淡淡的疲倦，而一双眼里却分明很有神采。

　　我看着那个女生，就好像看到了曾经的自己。

　　几年以前，我们也曾在这栋楼里没日没夜地奋战，为学业所累，为成绩烦心。课桌上堆积着永远也做不完的习题册，大多时候，我会告诉自己要更努力一点，但也有些时候，我并不像老师所期盼的那样安分。

记不得多少次，我和同桌在自习课上偷偷听歌。男左女右，我们一人一个耳机，因为担心被老师发现，所以各自竖起衣领试图遮掩。

三年的时间，我们一起听过 1983 的《二分之一》，听过后弦的《古玩》，也听过林俊杰的《江南》。通俗起来，我们将周杰伦的每一张专辑都从头听到尾；高雅起来，《舒伯特第二协奏曲》和《出埃及记》通通收入囊中；放肆起来，德国乐队 Lacrimosa 的哥特摇滚我们也照单全收……

那个 128M 的 MP3 里存储过数不尽的音乐，如今，它依旧躺在我房间的抽屉角落，连同高中时代的诸多记忆一起，被完好无损地保存下来。

此时，我的耳畔正在单曲循环着一首名叫《风筝与风》的钢琴曲，我忽然明白，其实每个人的故事都是一阵过境的清风，它不曾留下痕迹，却曾吹动崭新的风筝。

岁月荏苒，当一切人事已非，音乐便成为了某一段时光的载体，一如风筝之于清风。

生命里总有太多太多的故事无法娓娓道来，若有人愿意倾听，我真想将自己的心事刻成一张 CD，由人静静聆听，耐心解读。

音乐究竟是什么？

我想，如果懂得欣赏，它便是人生。

选自《语文周报》2016 年第 46 期

音乐是不假任何外力，直接沁人心脾的最纯的感情的火焰；它是从口中吸入的空气；它是生命的血管中流淌着的血液。